JÉSUS-CHRIST,

POÈME,

SUIVI

DE SOUVENIRS,

POÉSIES,

PAR

GASTON DE FLOTTE.

PARIS,

MAISON, LIBRAIRE, QUAI DES AUGUSTINS.

—

1844

JÉSUS-CHRIST,

POÈME.

JÉSUS-CHRIST,

POÈME,

SUIVI

DE SOUVENIRS,

POÉSIES,

PAR

GASTON DE FLOTTE.

MARSEILLE,

IMPRIMERIE DE MARIUS OLIVE, PARADIS, 47.

—

1841

Voici des vers composés, écrits, imprimés,
publiés en province ; ce sont de tristes chances
de succès ; mais qu'importe au poète? Il rêve,
et ne s'enquiert point ensuite de ce que peuvent
devenir ses songes ; il chante, insoucieux du
vent qui dispersera ses chants dans l'espace ; il
écrit par une seule raison, c'est qu'il faut qu'il
écrive :

> Qui fit des vers, des vers encor fera ;
> C'est le moulin qui moulut et moudra,

a dit naïvement un auteur oublié, le P. du
Cerceau, de la société de Jésus. C'est là notre
excuse.

Nous ne connaissons point la *Messiade* de
Klopstock ; notre profond respect pour les grands
poètes nous interdit de les lire ailleurs que dans

le texte, et nous avons le malheur de ne pas savoir l'allemand. Un poème épique en vingt chants, dont le héros est Jésus-Christ, nous semble pourtant devoir contenir, parmi d'incontestables beautés, de singulières choses.

La *Christiade* de Jérôme Vida, évêque d'Albe, est d'une savante latinité; mais qui lit des vers latins de nos jours, des vers latins modernes surtout? Nos doctes étudieront de Thou, Erasme, Sadolet, Gerson, Descartes; quand ils voudront se distraire de leurs graves études, ils s'adresseront à Virgile, à Ovide, à Horace. Vida transcrit dans son ouvrage beaucoup de vers de l'*Enéide*, ce qui leur donne l'apparence de *centons*. Comme Sannazar, son contemporain, comme Santeul depuis, il abuse de la Mythologie; il mêle, dans un sujet sacré, les noms des divinités de la Fable à ceux des prophètes, de Marie et de Jésus; mais, nous le répétons, son style est élégant, grâcieux, parfois énergique; il respire souvent un parfum virgilien, et les six chants du Prélat seraient lus, si on lisait encore du latin.

Au xviiie siècle parut une nouvelle *Christiade*, ou *le Paradis reconquis*, en six volumes, par l'abbé J. F. de la Baume Desdossat. C'est un poème en prose; il renferme quelques pages bien faites, mais c'est l'ouvrage d'un fou, une rapsodie informe, indécente, flétrie par arrêt du parlement. L'auteur, né à Carpentras, ne manquait pas d'imagination; mais dépourvu de toute espèce de goût, il n'a pu enfanter qu'un livre bizarre, boursoufflé et très repréhensible.

A la même époque, un Toulousain, nommé d'Escorbiac, donna aussi sa *Christiade;* nous ne la connaissons pas, nous ignorons même si elle est en vers ou en prose.

Le poème que nous offrons aujourd'hui au public a un immense avantage sur ses devanciers, car il ne contient pas douze cents vers; il n'a du reste rien de commun avec les *Christiades.* Ce n'est pas une œuvre taillée à l'antique, avec l'invocation aux Muses, l'inévitable descente aux enfers, les scènes d'amour obligées que n'a point omises M. de la Baume Desdossat. C'est un simple récit, rapide, sans épisode, de la plus scrupuleuse théologie, entrecoupé seulement de quelques réflexions philosophiques : voilà tout.

Nous croyons la vie du Sauveur le plus magnifique poème qui ait été jamais offert aux enfants de la lyre sacrée; mais, hélas! ce n'est pas à nous de l'entreprendre! Il faudrait pour l'exécuter d'une manière assez digne, du moins humainement parlant et sous les rapports de l'art, il faudrait le style enchanté de Racine joint à l'imagination puissante et rêveuse de Bossuet et de Châteaubriand. — S'il est bon qu'un tel sujet soit traité ainsi, s'il est permis à l'homme d'élever un jour ses regards vers Golgotha, et de là jusqu'à la Jérusalem céleste, Dieu saura bien susciter ce prophète du passé, le compléter de tous les dons du génie et attacher l'étoile à son front. — Prions, en attendant, et chantons sur tous les modes possibles le Christ et son œuvre. Ne pouvant bâtir un temple comme Michel-Ange, et jeter son dôme dans les airs, dressons un simple autel dans notre solitude. Dieu n'exige point de magnifiques églises, de merveilleux ornements, ni des ciboires d'or; on prie avec autant de ferveur dans la chapelle du hameau que sous les voûtes de Saint-Pierre de Rome ou dans la cathédrale de Milan. — Quelque faible que soit notre voix, espérons qu'elle sera entendue là-haut, car Dieu ne nous demandera pas plus qu'il ne nous a donné.

GASTON DE FLOTTE.

Saint-Jean-du-Désert, janvier 1841.

JÉSUS-CHRIST,

POÈME.

Confitemini Domino in citharam;
in psalterio decem chordarum psallite
illi.

Cantate ei canticum novum; benè
psallite ei in vociferatione.

(PSALM. XXXII, *vers.* 2-3.)

PROLOGUE.

I.

Voyez-vous cette église aux flancs de la vallée,
Comme une veuve en deuil, solitaire et voilée?
Devant le seuil brisé s'élèvent deux ormeaux
Qui croisent sur son toit leurs feuillages jumeaux,
Et des murs crevassés où serpente le lierre,
Il ne restera plus bientôt pierre sur pierre.
Où sont ces chants pieux, ces hymnes d'autrefois
Que répétaient en chœur de virginales voix?
Quand le bruit du jour meurt, quand la nuit nous effraie,
On n'entend que le cri lugubre de l'Effraie,

Et la cloche muette , hélas! n'annonce plus
Aux simples habitants l'heure de l'*Angelus;*
Plus de divins concerts d'amour et de louanges ,
Plus *d'Ave Maria* , ce doux salut des anges
Qui s'unit dans l'espace aux chants du bûcheron ,
Et plaisait tant au cœur du sceptique Byron (1) !
Pures comme l'azur et comme leur pensée ,
Où sont ces voix d'enfants et cette voix cassée
Du vieillard qui les aime et les laisse venir,
Et dont toute la vie est prier et bénir?
Hélas ! tout est détruit, et nef et sanctuaire ;
La mousse a tout couvert comme un drap mortuaire ;
Tout tombe , tout s'efface , et l'homme à chaque pas
Rencontre une douleur qu'il ne connaissait pas !

Vienne mai , ses beaux jours de soleil et de fête ,
Deux ans auront jeté deux siècles sur ma tête ,
Plein de mes souvenirs , d'un pas religieux ;
Je vins à ces débris faire de longs adieux ;
Attentif aux accents du feuillage mobile ,
A ces bruissements de pins qu'aimait Virgile (2),

Je sentis vers le Ciel mon âme s'élever,

Et, le front dans mes mains, je me pris à rêver,

Quand, bercé de ce vague où l'infini nous plonge,

Une voix tout-à-coup me tira de ce songe.

Un vieillard près de moi s'avançait à pas lents,

Le front large, paisible et ceint de cheveux blancs;

Son regard reflétait, par la douleur froissée,

Une âme que long-temps fatigua la pensée;

Son sourire de paix, mélancolique et doux,

Disait au malheureux : « Venez, approchez-vous,

« Et partageons des maux que Dieu seul peut connaître. »

A sa majesté noble, à sa robe de prêtre,

Je crus voir descendu dans ce calme vallon,

Pour parler à mon cœur, Belzunce ou Fénélon :

« Jeune homme, me dit-il, quelque vaine chimère

« Entretient dans ton cœur une pensée amère;

« Ici-bas, je le sais, tout âge a ses douleurs,

« Mais lève vers le Ciel tes yeux mouillés de pleurs;

« Là-haut tu trouveras cette sainte parole

« Dont ta vie a besoin et qui seule console.

« Tu peux me croire, hélas! car j'ai beaucoup souffert,

« Et les jours m'ont brisé dans leur cercle de fer;

« Mais j'ai fondu mon âme en amour, en prière,

« Et j'ai dit au malheur : Je te reçois en frère,

« Comme un hôte d'un jour par Dieu même envoyé ;

« Sous sa main j'ai courbé la tête, et j'ai prié ! »

Une larme brillait à travers sa paupière,

Il semblait murmurer une intime prière ;

Et moi, les yeux encore attachés sur ses yeux,

J'y puisais cette foi, baume mystérieux

Qui verse à l'affligé le calme et l'espérance :

Il me raconta tout, son cœur et sa souffrance,

Ses rêves enchanteurs d'ineffables amours,

Souvenirs envolés avec ses plus beaux jours,

Son âme de poète et sa vaine folie,

Et ses heures de joie et de mélancolie ;

Ses projets d'avenir, si follement conçus,

Qu'un monde sans pitié bientôt avait déçus.

Puis il me dit encor : « Le soleil qui décline

« Laisse l'ombre déjà rembrunir la colline :

« Viens visiter ces lieux et fouler ces gazons,

« Les débris sont toujours fertiles en leçons. »

Nous entrons : le soleil d'une dernière teinte
Nuançait le parvis ; au fond, la lampe éteinte
Que balance le vent sur l'autel dépouillé,
Encore suspendue à son anneau rouillé ;
Les marches que le pied fait tomber en poussière,
Et de la Vierge sainte une image grossière
Que le peuple jadis adorait à genoux,
Les dalles et le seuil dont le ciment dissous
Laisse germer une herbe entre chaque jointure,
Des tableaux vermoulus de naïve peinture,
Qu'à travers les vitraux, comme d'un cadre d'or,
Le soleil en jouant semble entourer encor ;
Où l'on peut entrevoir, par le temps effacée,
La légende attestant la prière exaucée :
Des débris, voilà tout. Un silence de mort
Versait une terreur qui ressemble au remord ;
Quelquefois seulement l'oiseau des funérailles
De ses cris désolés saluait ces murailles ;
Nul bruit autour de nous ; nos regards attristés
Apercevaient ruine et deuil de tous côtés ;
Nous crûmes voir, assis sur tant de froids décombres,
Comme de fiers vainqueurs, comme de pâles ombres,

Les trois hôtes d'un lieu naguère si rempli :
La dévastation, le silence et l'oubli.

Et le vieillard me dit : « Entrons au presbytère ;
« Là, j'ai vécu dix ans, paisible et solitaire,
« Unissant aux travaux du prêtre et du pasteur,
« Le culte des beaux-arts, ce grand consolateur.
« J'étais né dans ces temps d'orgueil et de folie
« Où, bravant l'avenir, notre France avilie
« Se creusait en riant un abîme de maux,
« Où Dieu, peuples et rois tombaient à ces bons mots ;
« Siècle qui commençait aux jours de la Régence,
« Où Voltaire régnait, roi de l'Intelligence,
« Et jetait au Dieu fort un risible cartel ;
« Siècle qui mérita les vengeances du Ciel,
« Qui de maux nous légua cette longue semence,
« Dont la fin fut la mort d'un brigand en démence ;
« Etouffé de remords à son dernier moment,
« Il se repaît d'horreurs et tombe en blasphémant !
« Pour moi, lorsque j'avais achevé ma journée,
« Lorsque dans le hameau j'avais fait ma tournée,

« Porté du pain au pauvre et du baume au souffrant,

« Des paroles d'amour et de paix au mourant,

« Alors, dès que la nuit avait tendu sa toile,

« Je demandais au soir, aux ombres, à l'étoile,

« A Dieu même caché derrière tous les cieux,

« Mais visible à nos cœurs s'il se voile à nos yeux;

« Je demandais à Dieu la sainte poésie,

« Vierge que de tout temps mon âme avait choisie.

« Ainsi, seul, mais peuplant de mes songes dorés

« Mes jours calmes, heureux, et du monde ignorés,

« Dédaignant les bravos d'une gloire fragile,

« J'ai soupiré jadis un chant de l'Evangile.

« Mais il fallut enfin abandonner ces lieux,

« Fuir, en priant pour lui, le peuple furieux;

« Il me fallut laisser au fond du presbytère

« Mes poèmes aimés, écrits avec mystère!

« Depuis, des insensés, nouveaux fléaux de Dieu,

« Ont abattu la croix, dévasté le saint lieu,

« Souillé ce temple antique où la pieuse mère

« Venait à son enfant enseigner la prière;

« Où leurs pères dormaient le suprême sommeil,

« Où la cloche, du jour annonçant le réveil,

« Appelait lentement avec sa voix ailée

« Les heureux habitants de la douce vallée !

« Quand je vous ai revus, ô souvenirs touchants !

« Eglise, qui jadis retentit de mes chants,

« Maison, qu'en sa bonté Dieu plaça loin du monde,

« Vallon que le soleil comme autrefois inonde,

« Et dont les nuits d'été sont limpides toujours,

« Bois de pins, clairs ruisseaux, mes plus chères amours ;

« Quand je vous ai revus, trésors de la nature,

« Qui de l'homme pouvez du moins braver l'injure ;

« Car s'il peut renverser tout ce que l'homme a fait,

« La nature est du Ciel un éternel bienfait ;

« Quand j'ai revu ces lieux si pleins de poésie,

« Où j'ai coulé des jours de douce fantaisie,

« Je me suis rappelé mes heures de bonheur,

« Et sans l'interroger, j'ai béni le Seigneur ! »

Par l'escalier brisé qui sous notre pied crie,

Nous montons ; dans la chambre une branche fleurie

De lilas rose et frais en grappe suspendu

Exhalait son parfum dans le vide perdu ;

Odorant arbrisseau planté par l'ancien maître,
Grimpant le long du mur, entrant par la fenêtre,
C'était la seule fleur qu'il pût encor trouver
De celles que sa main aimait à cultiver.
Et le vieillard pleurait, car cette simple branche
Etait un souvenir : c'était là sa pervenche (3) !

Avant que le soleil eût quitté l'horizon,
J'avais, le cœur ému, visité la maison ;
Derrière un vieux bahut quelques feuilles jaunies
S'offrirent à mes yeux, sans ordre, désunies :
C'était le saint dépôt qu'à l'heure du départ
Au Dieu qui l'inspirait confia le vieillard.

Le lendemain, assis au pied de la colline,
Qui vers le frais vallon s'arrondit et s'incline,
Par le plus beau soleil qui jamais se leva
Sur ces lieux où dix ans le poète rêva,
Sous ces rameaux épais où se jouait la brise,
En face des débris qui furent une église,

Le prêtre lut ces chants par l'Esprit-Saint dictés,

Baume consolateur de ses jours tourmentés,

Cantique d'espérance, angélique poème,

Qui s'exhale en l'honneur de la Beauté Suprême.

— Moi, j'écoutais, pensif, ému, le cœur saisi,

L'hymne au Christ Rédempteur.—Cet hymne, le voici!

II.

« Et les temps approchaient ; et des voix sybillines

Agitaient l'univers, Rome et les sept collines (4) ;

Muets sur leurs trépieds, les oracles menteurs

Avaient laissé tomber leurs voiles imposteurs ;

Dans le palais des rois, dans le cœur de l'esclave,

De la hutte du Scythe aux marais du Batave,

Sous le soleil d'Homère au rayon toujours pur,

Près du puits de l'Arabe, aux jardins de Tibur,

Du nord jusqu'au midi, du couchant à l'aurore,

L'homme entend cette voix, la bénit et l'implore.

Pourtant ils ne sont plus ces bardes inspirés,

Jetant à l'avenir les mystères sacrés ;

Israël seul se tait : ses sublimes prophètes
Ont accompli leur œuvre et fait place aux poètes :
C'est Platon qui nous dit le JUSTE MIS EN CROIX (5) ;
C'est Virgile, quittant la campagne et les bois,
Qui, du grand fils d'Amos partageant le délire,
Soupire des accents inconnus à sa lyre (6).
Tout marche, tout s'émeut ; le monde est attentif !
Ce n'est point un bruit sourd, inconstant, fugitif ;
C'est une grande voix, puissante, universelle :
Un Dieu visitera l'univers qui chancelle ;
Pour l'arracher enfin à son obscurité,
Deux mots éclateront : Amour et Liberté !
— Et Rome était en paix ; Rome, c'était le monde ;
Rome étendait partout sa puissance féconde ;
Le globe, épouvanté de tant de conquérants
Qui, roulant sur son sein, débordaient par torrents,
Respirait, sans gémir portait le joug d'Octave ;
Il le nommait AUGUSTE ; et le poète esclave
S'écriait : « C'est un Dieu qui nous fit ces loisirs ! »
Rome au prix de la gloire achetait les plaisirs.
Les Muses accouraient, si longtemps effrayées ;
Elles chantaient César, et par César payées,

N'osant lui raconter de secrètes douleurs,
Elles couvraient son front de lauriers et de fleurs (7).
— Et la voix cependant allait toujours croissante,
La voix mystérieuse, unanime, incessante ;
Elle retentissait dans ce calme profond
Comme au jour où ce cri : « Les Dieux, les Dieux s'en vont! »
Renversa Jupiter Tonnant au Capitole,
Et quand Rome tomba, piédestal de l'Idole !
— Auguste avait fermé le temple de Janus ;
La paix régnait partout : les temps étaient venus !

Alors à l'Orient apparaît une étoile (8),
Et près de Bethléem un ange se dévoile ;
Des volontés de Dieu célestes messagers,
L'étoile pour les rois, l'ange pour les bergers.
Ils vont : l'astre les guide et brille sur leur tête,
Du mystère accompli rayonnant interprète ;
Sur une étable enfin l'étoile étincela. . . . .
Une crèche, un enfant sans berceau. . . . C'était-là !

Il est né le Sauveur du monde ,
Le Désiré des nations ,
Et déjà sa lumière inonde
Les flots des générations ;
Il est né l'enfant des oracles ,
Caché dans les saints tabernacles
Depuis plus de quatre mille ans ,
Celui qu'annonçaient les Prophètes ,
Et les sages et les poètes ,
Mortels aux fronts étincelants !

Il est né dans une humble étable
Celui qui règne sur les rois ,
Et dont la gloire intarissable
A pour trône choisi la croix !
Il est né par amour pour l'homme
Celui que toute lèvre nomme
Avec un pieux tremblement ;
Il est né du sein d'une femme
Pour mourir d'une mort infâme ,
Lui qui vit éternellement !

Des quatre points du Ciel accoururent les anges,

Illuminant la nuit, radieuses phalanges ;

Et tandis que les rois, les pasteurs à genoux,

Offraient l'encens, la myrrhe et les dons les plus doux,

Un hymne s'entendait dans la sublime sphère :

« Gloire à Dieu dans les hauts, paix aux hommes sur terre ! »

Dans leur vol enflammé les saintes légions

Prolongent le cantique aux vastes régions,

Et comme un bruit confus qui s'éloigne et qui passe,

Le son sacré s'éteint lentement dans l'espace (9).

Le prêtre Siméon prend l'enfant sur son sein,

Et du Dieu qui l'éclaire annonçant le dessein :

« Laissez-moi maintenant, suivant votre promesse,

« Mourir en paix, Seigneur ! Seigneur, puisqu'il vous plut

    « Qu'aux derniers jours de ma vieillesse,

    « Mes yeux vissent votre salut ! (10)

« Le Sauveur attendu, celui dont la lumière,

« Flambeau des nations et gloire d'Israël,

  « Revêtant sa splendeur première,

  « Brille d'un éclat éternel ? »

Et Marie et Joseph admiraient ce cantique ;

Siméon les bénit, et sa voix prophétique

A la mère du Christ annonce ces longs pleurs

Qui la feront nommer mère des Sept-Douleurs :

« Il vient pour la ruine et le salut du monde ;

« L'homme méconnaîtra la clarté qui l'inonde,

  « Et toi, mère selon la chair,

« Pour que du cœur de l'homme on sache la pensée,

  « Ton âme un jour sera percée

  « Comme avec la pointe du fer ! »

Celui qui vient de naître et qu'attendait la terre

Vit encore inconnu, pensif et solitaire ;

Son nom, qui doit briller au sommet de la croix,
S'inscrire triomphant sur l'étendard des rois,
Son nom, l'Ange le dit à la Vierge féconde
En annonçant ce Fils, espoir Sauveur du monde :
Jésus, le plus doux nom qu'homme ait jamais porté,
Et qui renferme tout : Justice et Charité !
C'est un nom tout d'amour, c'est le nom du Messie,
Et c'est le premier nom que l'enfant balbutie,
Le premier qu'il apprend de sa mère, le soir,
Lorsque sur ses genoux elle le fait asseoir.

Sous la hutte du sauvage,
Dans les palais, dans les champs,
Partout sur chaque rivage,
Il éclate dans nos chants ;
Le marin dans la tempête,
Et l'invoque et le répète
Ainsi qu'un doux souvenir ;
Il n'est pas une contrée
Par le soleil éclairée
Qu'il ne soit venu bénir !

Le pauvre dans sa souffrance,
Le riche dans ses douleurs,
Disent : Phare d'espérance,
Toi seul peux tarir nos pleurs.
Le poëte dans ses veilles,
Le sage que tu conseilles,
Vers toi toujours ont les yeux ;
Ton ineffable mystère
Porte à l'ame solitaire
Comme un avant-goût des Cieux !

La jeune fille qui rêve,
Le vieillard aux jours flétris,
Et le savant qui s'élève
Jusqu'au monde des esprits ;
L'homme juste qui contemple
Un cœur pur comme le temple
De la Suprême-Beauté ;
Chacun t'appelle et te nomme,
O Jésus ! ô fils de l'homme !
O roi de l'Eternité !

Que toute philosophie
Est futile près de toi !
C'est le pain qui fortifie,
C'est l'insoluble pourquoi
Que jamais sagesse humaine
Qui depuis six mille ans traîne
Quelques lambeaux décousus,
Ne comprendrait d'elle-même ;
C'est le mot du grand problème :
La vérité, c'est Jésus !

C'est un nom tout d'amour, de bonheur et d'ivresse,
De la terre et du Ciel c'est le chant d'allégresse ;
L'homme ici-bas l'essaie en ses concerts pieux,
Et l'Ange le répète aux profondeurs des Cieux.

L'enfant divin, le fils de la sainte promesse
Croissait dans la misère en vertus, en sagesse ;
De son père céleste annonçait les grandeurs,
Dès l'âge de douze ans enseignait les docteurs,

2.

Et les prêchait déjà de leçon et d'exemple ;

Quand Marie et Joseph le trouvèrent au temple,

Ecouté de chacun et de tous admiré :

« Partout nous vous cherchions, et nous avons pleuré ! »

— « Pourquoi donc me chercher ? Du Père qui m'envoie,

« Ici, l'ignorez–vous ? je prépare la voie. »

Mais le divin enfant de ses parents chéris

Alarmait la tendresse et n'était pas compris ;

Les vérités encor ne pouvaient être écloses,

Mais sa mère en son cœur gardait toutes ces choses.

Il partit avec eux, et vécut recueilli

Dans l'amour, le travail, le silence et l'oubli.

Or, Tibère régnait, et depuis quinze années

De l'univers tremblant réglait les destinées,

Et l'univers tremblant adorait l'empereur

Sur ses autels de fer gardés par la terreur.

Cependant, au désert, un homme attend et prie,

C'est le grand précurseur, Jean, fils de Zacharie ;

Des insectes, du miel sont ses seuls aliments,
Et du poil des chameaux il fait ses vêtements.
Du désert il s'élance, au monde il se révèle,
Les temps sont accomplis, car le Seigneur l'appelle ;
Il enseigne le peuple, il prêche ; Jésus-Christ
A mis dans ses discours sa force et son esprit ;
Il dit : « Repentez-vous ! » Et le Sauveur lui-même
Veut de ses propres mains recevoir le baptême ;
Comme Jésus priait sur le bord du Jourdain,
Le Ciel s'ouvre ; une voix en descendit soudain :
« Voilà le Fils en qui j'ai mis ma complaisance ! »
Le Christ est consacré, sa mission commence !

Déjà quatre mille ans pesaient sur l'univers,
Quatre mille ans d'erreurs et de crimes couverts,
Depuis que le Seigneur avait dit à la femme,
Comme gage certain du pardon qu'il proclame :
« L'homme a perdu la gloire et la vie en tombant,
« Mais ton pied brisera la tête du serpent ! »

III.

Toi que ne connut point l'antiquité profane,
Toi qui ne portes pas la robe diaphane
De la muse d'Horace au front toujours riant,
Toi qui sus inspirer Dante et Châteaubriand,
Ange des hymnes saints qu'eût tant aimé Virgile,
Comment redire ici le chant de l'Evangile,
Ce cantique d'amour, de bonheur et de paix
Qui fit tomber l'erreur et ses voiles épais?
Le Christ pendant trois ans a semé sa parole,
Pendant trois ans il charme, il instruit, il console,
Et le peuple attentif écoute sa leçon;
Puis il souffrira tout.... jusqu'à la trahison!

Oh ! prête-moi ta harpe, ange aux ailes de flamme !
De ton rayon céleste illumine mon âme,
Jusqu'au jour où je dois raconter, à genoux,
La charité divine et le Christ mort pour nous !

Le Rédempteur paraît : d'abord la Galilée
S'éclaire à son flambeau, lumière révélée,
Dans l'avenir des temps aperçue autrefois
Par Daniel, Isaïe et les prophètes—rois.
Pour conquérir le peuple aux célestes royaumes,
D'humbles, d'obscurs pêcheurs il fait des pêcheurs d'hommes ;
A l'ordre du Messie ils quittent leurs filets,
Et son Esprit divin les ceint de ses reflets.
Il va : semant la vie il parcourt la Judée ;
Sa parole d'amour, comme une douce ondée,
Fait renaître l'espoir au cœur des malheureux,
Et tous baisent sa robe et se disent entre eux :
« Oh ! c'est bien là le Christ prédit par les oracles ! »
Il joint à ses discours l'exemple et les miracles ;
Il s'avance : partout où sa splendeur a lui,
Vaincu par ses bienfaits, le peuple croit en lui.

Un jour le Rédempteur monte sur la montagne ;
Avide d'écouter, la foule l'accompagne ;
L'air était tiède et pur ; les fleurs de l'Orient
Qui s'épanouissaient sous un soleil riant,
Imprégnaient de parfums le jour venant d'éclore ;
Le cèdre, le palmier, le pin, le sycomore,
Par la brise des lacs balancés mollement,
Imitaient et leur bruit et leur frémissement ;
Le regard s'étendait sur ces belles contrées
Qu'aimait tant le Sauveur et qu'il a consacrées,
Où s'offraient sous ses pas, en symboles touchants,
Les divines leçons qu'il empruntait aux champs ;
C'était le lac d'azur, la colline embaumée
D'orangers, de jasmins, de roses d'Idumée ;
Les ruisseaux fécondant des déserts sablonneux,
Et puis des horizons larges et lumineux,
Et des ombrages frais s'inclinant sur le fleuve,
Réfléchis par ses eaux où le chameau s'abreuve ;
Des plaines, des forêts, de vertes oasis,
Où dorment du soleil les rayons adoucis ;
Des villes, des hameaux, de riantes vallées
Sous les acacias paisibles et voilées ;

C'étaient tous les parfums, tous les bruits du matin,

Par le vent apportés, mourant dans le lointain,

Vagues ravissements, délicieux mystère,

Ineffable union du ciel et de la terre

Qui mariaient ainsi, dans un jour de printemps,

Les tableaux les plus doux et les plus éclatants !

Et la foule, ravie à ces pompeux spectacles,

Attendait que le Christ prononçât ses oracles.

Il reste quelque temps rêveur, silencieux,

Sur le peuple attentif il promène les yeux :

« Heureux qui dans son cœur s'abaisse et s'humilie (11) !

« Heureux celui dont l'âme est de douceur remplie !

« Heureux qui dans ce monde a souffert et pleuré !

« Heureux qui de justice est toujours altéré !

« Heureux qui sait donner ! Le Ciel lui donne et l'aime !

« Heureux le cœur sans tache, il verra Dieu lui-même !

« Heureux l'homme de paix ! Dieu lui dit : Mon enfant !

« Heureux qui pour moi souffre ! il sera triomphant ! »

Ainsi donc les voilà les heureux de la terre!

L'homme qui vit obscur, résigné, solitaire,

Qui, propice au malheur, va du pauvre ignoré

Chercher pendant la nuit le toit humble et sacré,

Et celui dont le cœur souffrant pour la justice

De soi-même offre à Dieu le pieux sacrifice;

Celui qui dans les pleurs, par le mal visité,

N'attend rien que du Ciel et de l'Eternité!

Voilà donc les secrets de volupté nouvelle

Qu'une voix tout-à-coup, comme un trésor révèle

Au milieu des plaisirs que le génie humain

De poétiques fleurs couronna de sa main!

Voilà donc les secrets qu'à ces villes brillantes,

Vaines de leurs faux Dieux, de leurs fables riantes,

Le Christ vient enseigner, en passant ici—bas!

De l'âme et de la chair, admirables combats!

Oui, c'est un Dieu CELUI qui, dans ce siècle immonde,

Prêcha la pénitence et régna sur le monde!

CELUI qui dit à l'homme, à ses sens immolé:

« Heureux, heureux qui pleure! il sera consolé! »

Et puis, à la nature empruntant des symboles,

Les images souvent coloraient ses paroles :

« Les oiseaux, disait-il, ont-ils jamais semé (12),

« Amassé le froment au grenier renfermé?

« Notre Père céleste en prend soin, et s'il veille

« Sur les oiseaux, pour vous croyez-vous qu'il sommeille?

— « Vous vous inquiétez pour de vains ornements;

« Le lys des champs a-t-il filé ses vêtements?

« Et pourtant Salomon, dans toute sa puissance,

« Montrait dans ses habits moins de magnificence. »

Il leur disait encor : « Le royaume des Cieux

« Est semblable à ce grain imperceptible aux yeux

« Qu'au fertile sillon le laboureur dépose ;

« Il croît, il devient arbre et l'oiseau s'y repose. »

Puis, entre ses genoux, il prenait un enfant :

« Celui qui veut au Ciel pénétrer triomphant

« Doit se rendre petit comme lui, s'il espère

« Arriver le plus grand au séjour de mon Père.

« Oh ! laissez-les venir ces enfants jusqu'à moi !

« Qui reçoit un enfant moi-même me reçoit (13)».

Il leur disait encor le père de famille,

Les moissonneurs déjà préparant la faucille,

Les pauvres, les souffrants conviés au festin,

Le prêtre qu'il oppose au bon Samaritain ;

C'était l'Enfant Prodigue, immense parabole,

De la bonté de Dieu doux et touchant symbole ;

Le pauvre repoussé, le riche glorieux,

Puis le riche aux enfers, le pauvre dans les Cieux ;

C'était le bon pasteur et le figuier stérile,

La semence tombée en un terrain fertile ;

Enfin c'était un Dieu, qui nous donnant des lois,

Evoque chaque jour de sa puissante voix,

Pour que le faible esprit de l'homme le comprenne,

Tout ce que peut offrir de grâce souveraine

La nature, ce temple où brille avec splendeur

Du Dieu qui nous créa l'amour et la grandeur.

Mais au peuple accouru jetant ses paraboles,

Le Christ joignait toujours l'action aux paroles (14) ;

Il accueille le faible et le pauvre honteux,

Rend la vue à l'aveugle et guérit le boîteux,

Commande à la nature, et le sépulcre avare

A la clarté du jour rend aussitôt Lazare,

Car Magdeleine en pleurs, qu'illumine la foi,

Lui dit : « Mon frère est mort; Seigneur, rendez-le moi! »

Jésus étend la main sur le drap mortuaire;

Et pâle, aux yeux de tous, rejetant son suaire,

Sur le seuil du tombeau Lazare se dressa!

C'est surtout par l'amour que le Christ s'annonça;

Voilant à nos regards sa puissance et sa gloire,

Il semblait dire : « Aimez! il faut aimer pour croire!

Il exauce d'un mot la foi du Centenier,

Et de la veuve pauvre il bénit le denier;

Sa morale est sans tache et sa vie est austère,

Il pardonne pourtant à la femme adultère;

Lorsque la pécheresse exhalant ses douleurs

Couvrit ses pieds divins de parfums et de pleurs,

Simon, pharisien, disait : « C'est une infâme! »

Et Jésus répondait : « Voyez-vous cette femme?

« Elle a beaucoup aimé, ses péchés sont remis! »

Partout accomplissant les miracles promis,

Sa prédilection est pour celui qui pleure;

Du lépreux, du malade il connaît la demeure;

Il va faisant le bien; sa vive charité

Montre moins sa puissance encor que sa bonté (15).

Mais quelquefois aussi, dans sa colère sainte,

Il chassait les marchands du temple et de l'enceinte,

Ou, lançant l'anathême aux prêtres, aux docteurs :

« Scribes, Pharisiens, aveugles conducteurs,

« Leur disait-il; malheur sur vous et sur vos pères!

« O sépulcres blanchis! ô race de vipères!

« Malheur, malheur à vous! à vous qui dévorez

« La maison de la veuve, et, d'orgueil enivrés,

« Aimez dans les festins la place la plus belle!

« Vous jurez par l'autel, et l'enfer vous appelle!

« Allez, vous descendrez dans les gouffres ardents,

« Où l'on entend des pleurs, des grincements de dents,

« Car si vous paraissez justes aux yeux du monde,

« Hypocrites docteurs, le mal en vous abonde;

« Vos pères ont tué les prophètes, et vous,

« De ce sang innocent vous me répondrez tous! »

C'est ainsi qu'il allait, répandant la lumière

Sur le palais des Grands, le temple et la chaumière;

Il réunit en lui toutes les vérités;

Aux champs, au bord des lacs, dans le bruit des cités,

Il distribue à tous sa parole bénie,

Il fait pâlir d'effroi le méchant qui le nie,

Il appelle au festin le pauvre méprisé ;

Ses dogmes sont touchants et son joug est aisé :

Que l'on soit humble et doux de cœur, et que l'on aime

Le prochain comme soi, mais Dieu plus que soi-même;

Son doigt vers l'avenir guide le genre humain ,

Et de la vérité nous ouvre le chemin;

Il prodigue à chacun le pain qui fortifie ;

Heureux qui le connaît et qui le glorifie !

Arraché dès l'instant aux tristes passions,

Aux absurdes erreurs, honte des nations,

Filles de ces faux Dieux aussi stupides qu'elles,

Il marchera, conduit aux voûtes éternelles,

D'où descend la lumière en longs rayons d'amour :

Son cœur sera rempli, son œil verra le jour !

IV.

Non, jamais dans les chants que l'univers répète,
Jamais dans les transports, les songes du poète,
Jamais dans ce pays des Cieux favorisé,
Où le génie humain était divinisé,
Non, jamais dans les vers ou d'Orphée ou d'Homère,
Ces grands prêtres de l'art, rayonnante chimère;
N'éclata souvenir plus beau, plus solennel,
Qu'au jour où, recevant le Fils de l'Eternel,
Jérusalem s'émut, de bonheur enivrée!
Non, jamais aux enfants de la lyre sacrée
Ne s'offrira sujet plus saint, plus radieux,
Pour le redire au monde en sons mélodieux!

Voici venir le Roi de gloire !

Peuples, célébrez ce grand jour ;

Jetez le cri de la victoire,

De longs cris de joie et d'amour !

Jusqu'à la montagne du Temple

Conduisez CELUI que contemple

Avec terreur l'enfer jaloux ;

Ville, étreins-le de tes murailles :

Ce sont les saintes fiançailles

De l'Epouse avec son Epoux !

Et partout, en chantant, les foules accourues

Inondaient les chemins, les places et les rues ;

Tous ceux que sa bonté, que sa grâce entraîna,

Femmes, pauvres, vieillards, simples enfants qu'il aime,

Malades qu'il guérit, riches et puissants même,

S'écriaient en chœur : Hosanna !

Hosanna ! c'est le cri de joie,

Le cri d'amour et de bonheur ;

Oh ! béni celui qui t'envoie,
Toi qui viens au nom du Seigneur !
Hosanna ! c'est le cri de gloire,
C'est le cri de sainte mémoire
Répété par tout Israël !
Hosanna ! c'est le cri sublime
Qui frappe l'écho de Solyme
Et que redit l'écho du Ciel !

Et jetant à ses pieds rameaux, palmes, feuillage,
Le peuple s'écriait, pressé sur son passage :
« C'est celui qu'autrefois le prophète entrevit !
« C'est le Nazaréen, le Sauveur que le monde
« Attend pour dissiper l'obscurité profonde,
　　« C'est lui, c'est le fils de David ! »

Oh ! cueillez les branches fleuries
Et jetez-les à pleines mains !
Que les douces fleurs des prairies
Embaument l'air et les chemins !

Cueillez les genêts des montagnes,

Les roses, les lys des campagnes,

De vos maisons jonchez le seuil.

Jamais fête plus éclatante!

Jamais monarque sous sa tente

Ne la rêva dans son orgueil!

Il vient à vous, sans faste et sans luxe frivole;

Son front est couronné de sa seule auréole,

Et l'on n'aperçoit point, enchaînés à son char,

Ces chefs vaincus, forcés à d'indignes hommages,

Et ces noms de cités, captives en images

Devant les coursiers d'un César!

Non, les gardes, les satellites

Qui s'empressent autour de lui,

Ce sont de simples prosélytes

Sur lesquels sa parole a lui;

C'est le pauvre, la femme sainte

Dont son cœur écouta la plainte;

C'est la vierge aux regards pieux,
L'aveugle que la Foi pénètre
Qui lui dit : Je crois en vous, Maître,
Et maintenant le suit des yeux !

Ce sont ceux qui croyaient à la voix des oracles ;
Ils accouraient en foule au bruit de ses miracles
Saluer le Sauveur qui va mourir pour nous ;
Tous, une fois du moins, voulaient suivre sa trace,
Baiser ses vêtements et contempler sa face,
Et le prier à deux genoux !

Mais lui, triste et pensif dans la joie unanime,
Sent au fond de son cœur une douleur sublime ;
Il pleure sur la ville, et ce peuple insensé
En ce grand jour de gloire autour de lui pressé,
Car il sait que bientôt l'heure sera venue ;
Sa mission finit et sera méconnue.
« Si tu savais, hélas ! d'où peut venir la paix !
« Mais tes yeux sont couverts d'un bandeau trop épais.

« Et voilà maintenant que mon âme est troublée !

« Jérusalem ! un jour tu seras désolée ;

« Un jour tes ennemis abattront tes remparts,

« Tes fils seront détruits, surpris de toutes parts ;

« Du Temple, de tes murs qui joncheront la terre,

« Il ne restera plus un jour pierre sur pierre,

« Car tu n'as pas voulu connaître le moment

« Où Dieu te visita dans ton aveuglement ! »

Donc, les jours sont venus de la longue agonie,

Jours prévus où la croix et son ignominie

Sur le globe vaincu, soleil étincelant,

Secouant les débris d'un passé chancelant,

Détrompera le peuple assis dans les ténèbres,

Et les sages perdus dans leurs clartés funèbres ;

Où la croix, des martyrs radieux piédestal,

A l'univers nouveau servira de signal !

Oui, les jours sont venus et voici bientôt l'heure :

Il faut que pour nous tous le Fils de l'Homme meure !

Aux apôtres le Christ a dit : « En vérité,

« L'un de nous maintenant assis à mon côté

« Doit me trahir. » — Et puis, rendant grâce à son Père,
De ce dernier repas révélant le mystère,
Il leur distribua le sang, le pain du fort,
Mystiques aliments qui sauvent de la mort.

Puis, il exhale sa prière
Au jardin de Gethsémani ;
Tu vis couler les pleurs à travers sa paupière,
Vallon, sois à jamais béni !
C'est sous tes oliviers que son âme soupire !
Elle est triste jusqu'à la mort,
Et la douleur qui la déchire
Est pour nous une grâce encor !

« Seigneur, éloignez ce calice,
« O mon Père, secourez-moi !
« Que votre volonté cependant s'accomplisse,
« Votre loi, Seigneur, est ma loi ! »
De son front abattu sous le poids de nos crimes
Coule une sanglante sueur;

Et dans ses angoisses sublimes
Il priait pour nous en son cœur !

Réveillant tout-à-coup ses disciples et Pierre
Dont trois fois le sommeil a pressé la paupière :
« Oh ! dormez maintenant, car l'heure, la voici ;
« On va livrer le Christ, le traître est près d'ici. »
Alors ils eurent tous les oreilles frappées
D'un cliquetis de fer, de bâtons et d'épées ;
Des hommes arrivaient en foule, des soldats
Eclairés de flambeaux et conduits par Judas ;
Et Judas approchant de la victime élue,
Baise sa joue, et dit : « Maître, je vous salue ! »
Des apôtres alors Jésus abandonné
Marche seul, sans amis, chez Caïphe entraîné !
Ainsi donc il devra sa première agonie
A ce type éternel de toute ignominie !
C'est en vain que sur lui sa parole descend ;
Le cœur du traître est sourd, et l'or est plus puissant !

Que ton nom soit maudit, Judas! que ta mémoire
Souille éternellement les pages de l'histoire!
Qu'elle soit à jamais, dans son impiété,
Rivée au pilori de l'immortalité!
Que le siècle qui meurt lègue aux siècles à naître,
Comme un épouvantail, ton nom, le nom du traître,
Et qu'il soit salué par chaque nation
Avec des cris d'horreur et d'exécration,
Et qu'il soit même aux jours de crime et d'imposture,
Aux plus vils apostats une infernale injure (16)!
Et que dans l'avenir il grandisse hideux,
Marquant, comme un fer chaud, d'un stigmate honteux
L'homme qui se parjure et dont la félonie
A livré pour de l'or le maître qu'il renie!
Qu'en tout temps, en tous lieux retentisse une voix.
« Le traître soit maudit et maudit mille fois! »

Descends, descends des Cieux, viens et soutiens notre âme
Ange des hymnes saints! Pour esquisser ce drame
Les mots sont impuissants, nos esprits sont troublés,
Le cœur saigne et se fond, et nos yeux sont voilés :

Toi seul peux raconter les douleurs ineffables,

Les prodiges d'amour, divins, inénarrables,

Du Christ qui, pour sauver l'homme déshérité,

Succombe sous le poids de notre iniquité !

Or, Caïphe se lève et lui dit : « Que répondre ?

« Voyez : que de témoins venus pour vous confondre !

« Etes-vous le Sauveur, le Christ, le Fils de Dieu ? »

— « Je le suis. A travers un nuage de feu

« Vous me verrez un jour à la droite du Père

« Partageant sa splendeur, sa gloire et sa lumière ! »

— « Cet homme a blasphémé, disposez de son sort ! »

Et le peuple s'écrie : « Il mérite la mort ! »

Et le peuple rugit ; le frappant au visage,

Il joint dans sa fureur l'ironie à l'outrage :

« Fils de Dieu, prophétise et dis qui t'a frappé ? »

Il marche, d'ennemis partout enveloppé,

Et leur rage insensée en cris de mort éclate :

« Délivrez Barrabbas, et non le Christ ! » Pilate

L'abandonne à la foule et lui dit : « De ce sang

« C'est vous qui répondrez ; moi, j'en suis innocent ! »

Ainsi toujours, partout, quand un peuple en délire
Dont la dent tue et broie, et dont l'ongle déchire,
Demande avec des cris et de longs hurlements
La victime promise à ses rugissements;
Alors toujours, partout, tremblant sous sa colère,
Un homme dont le nom a son jour populaire,
Tribun pâle et servile, et flatteur odieux,
Lui jette l'innocent et détourne les yeux !

« Que le Nazaréen périsse! qu'il succombe !
« Et que son sang sur nous et sur nos fils retombe ! »
Ainsi criait la foule, et sur son corps sanglant,
D'une froide sueur couvert et ruisselant,
Elle jette un manteau de pourpre ; elle lui donne
Le nom de Roi des Juifs, l'adore et le couronne
D'un diadème pris aux ronces du chemin,
Et lui met, comme un sceptre, un roseau dans la main !

Mais ce roseau brisé règnera sur le monde !
Il renouvellera la terre qu'il féconde !

Mais ce manteau de pourpre et de dérision
Doit s'étendre à jamais sur toute nation,
Car il porte en ses plis les vérités divines !
Mais en passant devant la couronne d'épines,
Les siècles à venir fléchiront les genoux !
Les peuples tour à tour viendront l'adorer tous :
Peuples, siècles futurs, s'écrîront à sa vue,
Comme autrefois les Juifs : « O Roi, je vous salue ! »

C'en est fait : l'innocent, le juste est condamné ;
Il marche à Golgotha, de tous abandonné,
Car il faut qu'en tout point la lettre s'accomplisse.
Il suit, portant sa croix, le chemin du supplice,
Et ceux qui l'ont reçu naguère triomphant
Le regardent passer, car la peur leur défend
De s'écrier : « Cet homme est le Christ ; ses miracles
« Ont accompli les jours prédits par les oracles !
« Il a guéri nos maux, ressuscité les morts,
« Pardonné les péchés et fait grâce au remords ! »
Son corps sous le fardeau fléchit, mais on l'entraîne ;
Il tombe, on l'injurie, et Simon de Cyrène

Aide ses pas tremblants. — Au haut de Golgotha
Le Fils de Dieu, brisé, chancelant, s'arrêta.
Des femmes le suivaient, se frappant la poitrine :
« Pleurez Jérusalem, pleurez sur sa ruine,
Dit-il ; « Pleurez sur vous, car il viendra le temps
« Où périra la ville avec ses habitants.
« Heureuses mille fois, aux jours des funérailles,
« Les femmes sans enfants! heureuses les entrailles
« Que Dieu frappa de honte et de stérilité !
« Heureux, heureux le sein qui n'a point allaité !
« Tombez, tombez sur nous, direz-vous aux collines ;
« Montagnes, couvrez-nous sous vos vastes ruines !
« Si vous traitez ainsi le Saint et l'Innocent,
« Qu'attendez-vous du Ciel d'où justice descend ? »

Puis, entre deux voleurs, sur une croix immonde,
Phare de l'avenir, il plana sur le monde !

Les soldats, arrachant ses vêtements épars,
Partagent sa dépouille ; ils en font quatre parts ;

Puis, aux chances du sort ils jettent sa tunique,
Pour que l'oracle saint se découvre et s'explique,
Car le Prophète-Roi l'avait ainsi prédit,
Et rien ne fit défaut à ce peuple maudit !
Les clous aux pieds, aux mains, et la tête sanglante,
Jésus prend en pitié cette foule hurlante :
« Pardonnez-leur, dit-il, dans un soupir profond,
« Car ils ne savent pas, mon Père, ce qu'ils font ! »
Mais aux pieds de la croix est sa Mère chérie ;
Jean, bien-aimé disciple, à côté d'elle prie ;
C'est le seul qui, fidèle à l'heure des douleurs,
Ose porter ici le tribut de ses pleurs ;
Et lui les consolant dans leur angoisse amère :
« Mère, voilà ton fils ; ami, voilà ta mère ! »
Puis, jetant un grand cri jusqu'alors comprimé,
Jésus pencha la tête. — Et tout fut consommé !!!

Alors le jour perça les épaisses ténèbres
Qui couvraient son éclat à ces heures funèbres,
Et jamais un soleil plus beau, plus radieux,
Ne versa ses rayons sur ce peuple odieux ;

Mais la nature en deuil et s'effraie et soupire,
Car le voile du Temple à grand bruit se déchire ;
Les morts, de leurs linceuls secouant les lambeaux,
Ont rompu de leur front la pierre des tombeaux ;
Aux yeux du peuple ému le rocher du Calvaire
Et s'agite et se fend comme un éclat de verre ;
Aux profondeurs des Cieux le tonnerre roula,
Le Ciel était serein, — et la terre trembla !

V.

— ET tout fut consommé !!! — Mais quels concerts étranges

Commencés ici-bas et finis par les anges?

— IL EST RESSUSCITÉ ! — Terre, réjouis-toi !

Anges, qui le pleuriez, saluez votre Roi !

Il est ressuscité dans toute sa lumière,

Son corps s'est revêtu de sa splendeur première,

Et l'auréole sainte entoure encor ce front,

Naguère couronné d'épines et d'affront!

Du sépulcre impuissant il a brisé la pierre :

Oh ! réjouissez-vous, profondeurs de la terre !

Oh ! montagnes, chantez, tressaillez de bonheur !

Forêts, arbres, chantez, et louez le Seigneur !

Le Seigneur à Jacob a donné la victoire,
Et c'est dans Israël qu'éclatera sa gloire (17)!

Joseph pieusement l'avait enseveli;
Mais au troisième jour la terre a tressailli,
Et lorsque le matin les deux femmes aimées
Apportaient les parfums, les plantes embaumées,
La myrrhe et l'aloès, dernier tribut d'amour,
La tombe était ouverte; elles virent autour
Les gardes renversés et le front dans la poudre,
Immobiles, frappés comme d'un coup de foudre;
Un ange rayonnant de gloire et de beauté
Leur dit : « Ne cherchez point; IL EST RESSUSCITÉ! »

Né d'une Vierge, mort pour l'homme, le Messie
Triomphant du tombeau remplit la prophétie;
Son supplice a fondé l'empire de ses lois
Commencé dans la crèche, achevé sur la croix,
Et le prix de son sang, ineffable mystère,
Par la terre versé vient racheter la terre.

Pendant quarante jours, il prêche, enseigne encor,
Jusqu'à l'heure où, montant au sommet du Thabor,
S'élevant lentement vers la céleste sphère,
Il s'asseoit, dans sa gloire, à la droite du Père.
Ses disciples alors dans la hauteur des Cieux
L'adorent en extase et le suivent des yeux ;
A ce dernier adieu, l'essence de leur maître
D'une douce lueur les ceint et les pénètre,
Mystérieux rayon qui vient du firmament
Entourer leur esprit comme d'un vêtement ;
Puis, comme des vainqueurs, se partageant le monde,
Illuminant la nuit du feu qui les inonde,
Sous le chaume, au Forum, dans le palais des Rois,
Pauvres, simples, sans art, ils vont prêchant la croix
La croix et son nom vil, la croix et sa folie,
La mission du Christ maintenant accomplie,
Ses lois de liberté, de justice et d'amour,
Et son règne établi jusques au dernier jour !

VI.

Le Christ est remonté dans les Cieux, et sa robe
En secouant ses plis sur la face du Globe,
A semé les trésors d'amour et de bonheur
Qui croîtront chaque jour sous l'aile du Seigneur :
« Allez, avait–il dit en parlant à l'apôtre,
« Enseignez et prêchez d'un bout du monde à l'autre ;
« Mon esprit guidera vos pas dans le chemin. »
— Et l'apôtre marcha : le Scythe, le Germain,
Le Parthe, le Breton, le Hun et le Vandale
Tombent à ses genoux et baisent sa sandale ;
Tremblant pour ses autels, pour ses divinités,
A l'ombre de l'erreur si long–temps abrités,

L'enfer rugit en vain de terreur et de rage ;
Rien ne peut arrêter un sublime courage :
En vain le fer rougi, la croix, le chevalet,
Le glaive, le bûcher, le gril, le bracelet,
L'ongle d'acier qui mord, le vaste amphithéâtre,
Suprême amusement de la foule idolâtre,
La roue aux dents de fer qui broie en un moment,
Et la gêne dont l'art prolonge le tourment ;
En vain ce qu'empruntant la puissance de Rome
L'enfer sait inventer en se joignant à l'homme,
Ne peuvent ébranler ces vierges, ces enfants,
Ces femmes, ces vieillards, ces prêtres triomphants
Qui, des disciples saints écoutant la parole,
S'élancent en chantant vers le Dieu qui console !
Mais ce n'est rien encor : vaincu dans sa fureur,
L'enfer a fait un signe aux maîtres de l'erreur :
Combats plus acharnés, luttes plus difficiles ;
Alors chaîne des temps, majesté des conciles,
Auréole des Saints que Dieu doublait encor,
Car Dieu dans ses projets épuisant son trésor,
A la beauté de l'âme ajoutait le génie,
Voix de la vérité quelques moments ternie,

Eclat de ces vertus qu'on ne connaissait pas

Avant que vers le Ciel la terre eût fait un pas ;

Voilà les défenseurs de cette grande Eglise

Que le Christ en mourant aux siècles a promise !

Elle avait triomphé déjà des échafauds,

Elle triomphe encor de tout système faux !

Ces maux, il faut pourtant que Rome les expie :

Dieu va punir bientôt la Babylone impie

Qui s'abreuva du sang du Juste et du Martyr ;

On entend tout-à-coup un grand bruit retentir :

Sur leurs rauques essieux les charriots de guerre

Roulent comme la foudre et sillonnent la terre ;

Ils portent des soldats de chaque nation ;

A Rome est l'univers, juste réaction !

Les Saxons, les Alains, les Quades, les Gépides,

Dévorent les moissons dans leurs courses rapides ;

Temples, autels, palais, superbes monuments,

Leurs chevaux foulent tout sous leurs piétinements.

Avec d'horribles cris de fureur et de joie

Les fauves conquérants s'abattent sur leur proie ;

4.

A chacun son épave, à chacun son lambeau,

Hélas! et l'Italie est un vaste tombeau!

Entendez-vous les chants, les clameurs des Barbares

Dont la victoire éclate en sauvages fanfares!

Peuples encor sans nom et que Rome ignorait,

Que Dieu depuis longtemps garde dans son secret,

Et qu'un jour, au grand jour de sa juste colère,

Il fait tomber sur tous comme un fléau sur l'aire!

Entendez-vous ces bruits venus de l'Occident?

Et les peuples brûlés par un soleil ardent,

Et les peuples assis sous l'un ou l'autre pôle,

Ceux qui luttent à pied, le carquois sur l'épaule,

Et ceux dont le coursier plus vite que l'éclair

Peut défier au vol les voyageurs de l'air;

Ceux qui ceignent l'épée ou brandissent la lance,

Et ceux dont la massue en leurs mains se balance;

Et les peuples du Sud et les peuples du Nord,

Débordent par torrents avec des cris de mort!

Tous se précipitant sur la ville éternelle,

Soumis, sans le savoir, au Dieu qui les appelle (48),

Vengent, au jour prédit dans ses secrets desseins,

Et le sang des Martyrs et la gloire des Saints!

Qui vous arrêtera de la voix ou du geste,

Sinistres messagers de la fureur céleste?

Qui donc demandera grâce pour la cité

Que brise sous ses pas un coursier indompté?

C'est Léon, c'est du Christ l'intrépide vicaire;

Car au Scythe cruel, au géant de la guerre,

Il dit comme à la mer : « Tu t'arrêteras-là! »

Et le fléau de Dieu, le farouche Attila,

Suspendant le marteau qui renverse et qui broie,

A l'aspect du Pontife abandonne sa proie.

Qui viendra retirer dans les murs des Césars,

Sous leurs vastes débris le grand flambeau des arts

Qui, rendant la lumière aux jours tristes et sombres

Viendra fouiller l'amas de ces hideux décombres?

Lorsque chutes, succès, victoires et revers,

Avec un long fracas agitent l'univers,

Dans cet ébranlement parti des sept collines,

Qui, soufflant tout-à-coup sur l'esprit des ruines

Doit ranimer encor le rayon éclipsé,

Et des peuples éteints rallumer le passé?

Dés prêtres seuls, errants, civilisent le monde;

Seuls ils ont conservé la semence féconde

Que le génie antique , idolâtre et païen ,

En précieux dépôt a laissée au chrétien.

Le prêtre , au nom du Christ, vient briser l'esclavage ;

Son œuvre qui s'étend se poursuit d'âge en âge ,

Et trace aux pas de l'homme un radieux chemin ;

Le bruit qu'en s'écroulant fait l'empire romain ,

Les clameurs des soldats , les sanglantes mêlées ,

Lés états disparus et les villes brûlées ,

Les secousses du globe et ses déchirements ,

Rien n'arrête le prêtre et ses enseignements.

Méditant sur le Ciel et sur l'homme fragile ,

Il verse à tous les maux le lait de l'Evangile ;

Sa main de ce qui fut réunit les lambeaux ,

Et le monde renaît de l'ombre des tombeaux.

Sur ce monde enfanté par la mort d'un Dieu même ,

La Foi projette au loin cette splendeur suprême

Où viendront s'éclairer les peuples et les rois ;

Sciences, mœurs , génie , arts , monuments et lois ,

Elle réchauffe tout au foyer de sa flamme ;

Et celui qui remonte à la source de l'âme ,

Philosophe altéré dans son ardent désir ,

Entrevoit la clarté qu'il peut enfin saisir ;

Et le poète errant toujours de songe en songe,

Dont la muse en riant prodiguait le mensonge,

Dans son nouvel essor redit l'hymne sans fin

Qu'aux pieds de l'Eternel porte le Séraphin ;

Et celui qui, jadis trop vain de sa science,

Parfume ses labeurs au feu de la croyance,

Peut sonder le problème en ses veilles rêvé,

Et, rendant grâce à Dieu, dire : Je l'ai trouvé !

La Foi descend des Cieux, et son regard inspire

Comme un astre fécond la palette et la lyre ;

Elle parle, elle dit : Venez ! A son appel

Se lèvent Michel-Ange, et Dante, et Raphaël ;

Hommes au front divin, trinité de génie

Attestant du Seigneur la puissance infinie.

L'art, révélation éteinte si longtemps,

Renaît, fait rayonner ses soleils éclatants ;

Il verse à larges flots tous les feux qu'il récèle,

Embrase l'univers et la flamme ruisselle ;

Tous ceux que le génie en naissant adopta

Demandent un rayon venu de Golgotha.

O prodige d'amour ! ce que la Foi proclame

Est compris de l'enfant et de la simple femme ;

Au plus vaste génie, à l'homme le plus grand,
Elle préfère encor le faible et l'ignorant,
Car Jésus nous a dit en passant sur la terre :
« Celui qui veut entrer au séjour de mon Père,
« Et qui veut vivre heureux et chéri du Seigneur,
« Comme un enfant doit être humble et simple de cœur. »

Ainsi la croix s'élève et plane au Capitole !
Sur des débris fumants soudain le Verbe vole :
Il vole, il vivifie, il régénère tout,
Sur l'écueil du passé l'homme est encor debout !
Après des jours de mort, de deuil et de silence,
Aux champs de l'avenir Dieu le guide ; il s'élance,
Rallume sa pensée à l'immortel flambeau ;
Plus sombre fut la nuit, plus le jour paraît beau !
Il marche : autour de lui tout grandit et palpite ;
Son œuvre recommence, elle brûle et s'agite,
Car elle sait où Dieu l'appelle en son dessein ;
Alors tous les trésors renfermés dans son sein
S'inondent de lumière, et renouant la chaîne,
Ce travail incessant de la pensée humaine,

Chassant, comme un troupeau, les peuples d'autrefois
Sublime, elle se pose en face de la Croix.
La Croix ! c'est à ses pieds que les tristes systèmes
Et les dogmes menteurs, les fables, les blasphèmes,
Enfants déshérités d'un monde corrompu,
Font place à l'hymne saint longtemps interrompu ;
Notre âme remontant à sa splendeur première,
Lui doit la vérité, la vie et la lumière,
Car elle fut un jour le trône où l'Homme-Dieu
Vint nous léguer le Ciel dans un dernier adieu !
Voyez : dans tous les temps de crimes, d'esclavage,
Dans un siècle barbare, obscur, au moyen-âge,
Toujours, lorsque des Grands la puissance et l'orgueil
Remplissent l'univers de terreur et de deuil,
Un prêtre est là, debout, face à face avec l'homme,
Et, comme aux premiers jours, le salut vient de Rome !
Il oppose, Pontife auguste et souverain,
Aux flots dévastateurs sa volonté d'airain ;
Sa parole de paix que bénit la chaumière,
Aux fureurs des tyrans invincible barrière,
Appui des nations, gardienne de nos droits,
Au fond de leurs palais épouvante les Rois.

Ces monarques altiers viennent demander grâce
A celui qui du Christ tient ici-bas la place ;
Les peuples adorant son pouvoir protecteur
Entourent à genoux le signe rédempteur ;
Ils savent que par lui la terre s'illumine,
Qu'il nivela les fronts que sa gloire domine,
Qu'arrachant le plus faible aux serres du plus fort,
Il renversa des lois d'infamie et de mort !

Et toujours, quand l'enfer et son fatal génie,
Maudissant cette Croix par l'univers bénie,
Pousse un cri de fureur, et d'un souffle impuissant
Appelle à son secours le sarcasme ou le sang ;
Qu'il suscite contre elle ou Néron ou Voltaire,
Le bourreau couronné, l'audacieux sectaire ;
Toujours, toujours la Croix planant sur l'univers,
Comme un arbre battu par le vent des hivers,
Plie un instant, et puis se relève plus belle ;
Alors de plus de feux sa splendeur étincelle ;
L'homme et ses passions meurent : la vérité
A pour base Dieu même et son Eternité ! »

VII.

Le prêtre avait fini, je l'écoutais encore,
J'écoutais l'hymne au Dieu que toute lèvre implore,
Qui crée et qui détruit d'un mot ou d'un regard.
Dans sa sérénité j'admirais le vieillard;
Il souffrait, mais la Foi versait sur sa blessure
Ce saint apaisement dont parle l'Ecriture.
Je ne le quittai plus; docile à sa leçon,
Mes yeux virent bientôt un plus large horizon;
Il m'avait raconté l'histoire de sa vie
Où l'heure des douleurs de douleurs fut suivie

Comment, né dans les temps de l'incrédulité,
Il fut par le malheur et par Dieu visité :
Jeune, riche, il avait aux passions du monde
Jeté tous les trésors d'une flamme féconde,
Flamme, trésors que Dieu lui remit en dépôt,
Et que le vent du siècle eut dispersés bientôt ;
Alors, triste, esseulé, le front dans la poussière,
Il sentit dans son cœur descendre la prière,
Et ses premiers beaux jours renaître et refleurir :
Il bénit cette main qui frappe pour guérir.
Mais de nouveau brisé par la douleur qui tue,
La nuit se fit encor dans son âme abattue,
Car il perdit, hélas! un enfant adoré,
Ange qui d'un rayon l'a souvent éclairé,
Céleste vision qui, de son aile blanche,
Effleure ses cheveux et son front qui se penche.
Alors, sortant vainqueur du terrible duel,
Il porta son angoisse aux marches de l'autel,
Et, prêtre, il vint encore, expert dans la souffrance,
Au cœur de l'affligé prodiguer l'espérance.
Ainsi vivre et gémir, c'est la commune loi ;
Mais l'homme par les pleurs est conduit à la Foi ;

Le mal fait croire au Ciel. — Où donc est sa victoire ?

— Depuis que le vieillard m'a conté son histoire,

Je m'écrie en baisant les pieds du Crucifix :

Seigneur, je crois en vous! —Conservez-moi mon Fils!

NOTES.

NOTE 1.

Et plaisait tant au cœur du sceptique Byron!

Ave Maria! 'tis the hour of prayer!
Ave Maria! 'tis the hour of love!
Ave Maria! may our spirits dare
Look up to thine and to thy Son's above!

Lord Byron (*Don Juan*).

NOTE 2.

A ces bruissements de pins qu'aimait Virgile.

Sacra... arguta pinus... Pinosque loquen-
tes... etc...

Virgile (*Passim*).

NOTE 3.

Car cette simple branche
Etait un souvenir ; c'était là sa pervenche !

« Je donnerai de ces souvenirs un seul exem-
« ple qui pourra faire juger de leur force et de
« leur vérité. Le premier jour que nous allâmes
« coucher aux Charmettes, maman était en
« chaise à porteurs, et je la suivais à pied. Le
« chemin monte ; elle était assez pesante, et
« craignant de trop fatiguer ses porteurs, elle
« voulut descendre à peu près à moitié chemin
« pour faire le reste à pied. En marchant, elle
« vit quelque chose de bleu dans la haie, et me
« dit : Voilà de la pervenche encore en fleur.
« Je n'avais jamais vu de la pervenche ; je ne
« me baissai pas pour l'examiner, et j'ai la vue
« trop courte pour distinguer à terre les plantes
« de ma hauteur. Je jetai seulement en passant
« un coup d'œil sur celle-là, et près de trente
« ans se sont passés sans que j'aie revu de la
« pervenche, ou que j'y aie fait attention. En
« 1764, étant à Cressier avec mon ami M. du
« Peyrou, nous montions une petite montagne
« au sommet de laquelle il y a un joli salon qu'il
« appelle avec raison Belle-Vue. Je commen-

« çais alors d'herboriser un peu. En montant et
« regardant parmi les buissons, je pousse un
« cri de joie : *Ah! voilà de la pervenche !* et c'en
« était en effet. Du Peyrou s'aperçut du trans-
« port, mais il en ignorait la cause ; il l'appren-
« dra, je l'espère, lorsqu'un jour il lira ceci. »

J. J. ROUSSEAU (*Confessions*, Part. I. liv. VI).

NOTE 4.

Et des voix sybillines
Agitaient l'univers, Rome et les sept collines.

L'arrivée d'un Rédempteur était attendue par
toutes les nations, par les Perses qui le person-
nifiaient dans *Mithra;* par les Goths, par les
Chinois, par les Egyptiens dans *Orus;* par les
Chaldéens dans *Dhouvenai;* par les Indous dans
Wichnou; par les Indiens, enfin par tous les
Peuples. « On ne saurait croire, dit Heyne
« (*Obs. in Tibull.*), à quel point en ce temps
« toutes les nations étaient occupées de prophé-
« ties, et en avaient l'esprit frappé. »
Mais il ne s'agit ici que de Rome.
Le sceptique Boulanger appelle cette attente
universelle une *chimère ;* mais il en reconnaît

l'existence : « Les Romains , tout républicains
« qu'ils étaient, attendaient, du temps de Ci-
« céron , un roi prédit par les Sybilles, comme
« on le voit dans le livre de la Divination de
« cet orateur philosophe. — C'est une anec-
« dote de l'histoire romaine à laquelle on n'a
« pas fait toute l'attention qu'elle mérite. » (Re-
« cherches sur l'origine du despotisme oriental. — Sec. x.)

On lit dans Suétone (*in Vespas.* § ɪv) : « Per-
« crebuerat Oriente toto vetus et constans opi-
« nio : esse in fatis, ut eo tempore Judœa pro-
« fecti rerum potirentur. » — Et dans Tacite
(*hist. lib.* v, § xɪɪɪ) : « Pluribus persuasio
« inerat, antiquis sacerdotum liberis contineri,
« eo ipso tempore fore, ut valesceret Oriens,
« profectique Judœa rerum potirentur. »

« Il est singulier, dit un traducteur du grand
« historien, M. Dotteville, il est singulier que
« Tacite reconnaisse pour vraie une prophétie
« qu'il croyait fondée sur la superstition. Il se
« trompe sur l'application qu'il en fait. Vespa-
« sien partit en effet de Judée, et vers ce même
« temps les Chrétiens partirent aussi de Judée,
« et personne ne peut nier qu'ils aient subjugué
« l'univers. Lequel de ces deux faits, à les con-
« sidérer humainement, mérite mieux, par la
« grandeur et la difficulté de l'entreprise, et par

« la durée du succès, d'être annoncé plusieurs
« siècles auparavant? »

Le juif Flavius Josèphe prétend que ses co-
réligionnaires furent poussés à la révolte con-
trè les Romains par une obscure prophétie, qui
annonçait que, vers cette époque, *un homme
s'elèverait parmi eux et soumettrait l'univers (De
bell. Judaïc.*)

En effet, les soixante-dix semaines de Daniel
depuis la reconstruction du temple, étaient
accomplies. — Bossuet est admirable sur cette
prophétie de Daniel. (*Disc. sur l'Hist. Univers.
— Part.* 1re, xme *époque.*)

Nous pouvons ajouter à Suétone et à Tacite,
Tite-Live, Salluste et Plutarque. — M. Roselly
de Lorgues nous apprend, dans son excellent
ouvrage *le Christ devant le siècle*, que « le 6 juin
« 1833, à la séance de la société littéraire de
« Londres, il a été lu un mémoire sur l'origine
« d'une prophétie latine qui circula pour la
« première fois à Rome, 63 ans avant l'Ere
« Chrétienne, annonçant que la nature allait
« faire naître un roi pour le peuple romain:
« *Regem populo romano parturire.* A ce sujet, le
« Mémorial Encyclopédique déclare qu'il est
« constant, d'après le témoignage d'auteurs an-
« ciens et les recherches des modernes, qu'un

« pareil oracle avait cours en Italie, plus de
« 60 ans avant Jésus-Christ... »

Les oracles sybillins prédisaient deux rois ;
l'un devait régner à Rome, l'autre sortir de
l'Est de la Judée pour gouverner l'univers.
(*Whiston.* — *Vindication of sybil.* — *Oracl.*,
pag. 31.)

Ainsi toutes les prophéties sont d'accord,
Teste David cum Sybillâ, et Châteaubriand a pu
dire : « Vers le temps de l'apparition du Rédempteur sur la terre, les nations étaient dans l'attente de quelque personnage fameux. » (*Génie
du Christ.*, iv⁰ partie, liv. iii.)

NOTE 5.

C'est Platon qui nous dit le juste mis en Croix !

« Le Juste, dit Platon, est celui qui ne cher—
« che pas à paraître bon, mais à l'être en effet ;
« s'il était honoré et récompensé, on pourrait
« douter du motif qui l'attacherait à la vertu.
« Il faut le dépouiller de tout, excepté de sa jus-
« tice ; il doit n'en avoir pas même la réputa—
« tion, passer pour injuste et méchant, et,

« comme tel, être fouetté, tourmenté, CRUCIFIÉ,
« conservant toujours sa justice jusqu'à la
« mort. »

Après avoir cité ces étonnantes paroles, le
pieux et savant abbé Racine s'écrie : « Ce phi-
« losophe ne semble-t-il pas avoir prévu Jésus-
« Christ et les martyrs, ses imitateurs ? »
(*Abrégé de l'hist. ecclés.* — 4ᵉ siècle. —Art. II.)
Et J.-J. Rousseau : « Quand Platon peint son
« juste imaginaire, couvert de tout l'opprobre
« du crime, et digne de tous les prix de la
« vertu, il peint trait pour trait Jésus-Christ :
« la ressemblance est si frappante, que tous les
« Pères l'ont sentie, et qu'il n'est pas possible
« de s'y tromper. » (*Emile.* —Liv. IV. —*Profes.
de foi du Vicaire Savoyard.*)

Or, Platon est mort l'an 348 avant Jésus-
Christ !

Grotius et Bossuet appliquent au Rédempteur
ce passage étonnant ; Sénèque l'a traduit ; il
rend par *extendenda per patibulum manus*, le
genre de supplice dont parle Platon.

NOTE 6.

C'est Virgile quittant la campagne et les bois,
Qui, du grand fils d'Amos partageant le délire,
Soupire des accents inconnus à sa lyre.

Ici, nous remplacerons la sécheresse des notes par de beaux vers ; *l'épître à Virgile sur son églogue à Pollion*, publiée par J. Autran dans ses *Ludibria ventis*, est au nombre des belles poésies de notre langue ; du reste nous renvoyons le lecteur aux notes qui y sont attachées.

Mais un jour, tu jetas le chalumeau rustique,
Ta main prit tout-à-coup la harpe prophétique,
Et, dans un saint transport, tu prédis le berceau
D'un enfant qui du Ciel devait porter le sceau.
— Voici, t'écriais-tu, ce siècle des miracles
Longtemps à l'univers promis par les oracles !
Muses ! pour saluer cet âge solennel
Qu'enfantent les destins dans leur ordre éternel,
Vos plus nobles accords doivent se faire entendre !
Des profondeurs du Ciel un enfant va descendre
Qui de tous les humains lavera les forfaits,
Et sur les nations fera régner la paix !

— Lorsque dans ces accents frémissait ton délire,
Réponds-nous, quels étaient, ô maître de la lyre,
Ces temps miraculeux promis à l'univers ?
Quel était cet enfant annoncé par tes vers ?
Etait-ce quelque fils d'une maison romaine,
Comme ont cru l'entrevoir, dans leur science vaine,
Ces docteurs ténébreux qui, dans l'antiquité,
Soulèvent mille erreurs pour une vérité ?

Non : à quelle naissance, à quel berceau d'un homme,
Fût-il né pour monter à l'empire de Rome,
Un oracle pareil pouvait-il convenir ?
Non : cet enfant divin qu'attendait l'avenir,
C'était, et la raison nous suffit pour le croire,
Le Fils de l'Eternel, le Fils du Roi de Gloire,
L'enfant que prédisaient, depuis deux fois mille ans,
Les Bardes d'Israël aux fronts étincelants,
Et dont, vers le Jourdain, le peuple de Moïse
D'heure en heure attendait la naissance promise !
Mais comment pouvais-tu, toi, mortel malheureux,
Nourri dans les erreurs d'un culte ténébreux,
Et vivant au milieu d'un peuple aveugle encore,
Même avant son lever voir et chanter l'aurore ?
— Ah ! c'est qu'à l'heure même où tu chantais ainsi
L'univers tout entier prophétisait aussi !

. . . .

. . . .

. . . .

— Oui, l'univers alors s'agitait inquiet
Comme un oracle assis sur un divin trépied.
Tous les peuples, pareils aux voiles d'un navire,
Aspiraient l'avenir comme un vent qu'on désire ;
Tous, sous des noms divers, annonçaient un enfant
Dont le règne devait s'établir triomphant,
Qui de la terre au ciel renouvelant la voie,
Rendrait au cœur de l'homme et l'espoir et la joie,

Et, d'un esprit maudit indomptable rival ,
Dompterait le dragon , créateur de tout mal !

Voilà , voilà pourquoi , dans ton hymne, ô poète,
Avec le monde entier tu devenais prophète ,
Pourquoi tu t'écriais dans un élan pieux :
Ah ! si les jours mortels que me comptent les cieux
Pouvaient , grâce au destin , prolonger leur durée
Jusqu'à l'heure où naîtra cette tige sacrée ,
Si j'étais le témoin de ce règne naissant ,
Je lui consacrerais mon luth reconnaissant !
J'oserais , dans les vers , disputer un trophée
Même au divin Linus , même au divin Orphée !
Que Pan dans les accords m'acceptât pour rival ,
Pan lui-même avoûrait le combat inégal.

Oh ! tu te flattais moins que tu ne pouvais croire,
Quand tu rêvais, poète, une semblable gloire !
Et si le Ciel, propice à tes nobles souhaits,
Jusque dans l'avenir que tu prophétisais,
De tes jours prolongés eût étendu la trame,
S'il t'eût montré Jésus et son sublime drame ,
Par quels chants inouïs ton éclatante voix,
Eût célébré le Christ, et sa vie et ses lois!
Ton génie, étonné de son nouveau délire,
Eût fait plus que de vaincre au combat de la lyre
Et le douteux Orphée et le douteux Linus,
Ces chantres fabuleux à la terre inconnus ;

Ajoutant à ta gloire une gloire suprême ,
Il se fût révélé plus puissant que lui—même.....

. . . .

. . . .

Voici encore quelques vers sur cette idée. — Je ne les donne pas comme bons, quoiqu'ils soient signés du nom d'un grand poète :

Dans Virgile parfois, Dieu tout près d'être un ange,
Le vers porte à sa cîme une lueur étrange.
C'est que, rêvant déjà ce qu'à présent on sait,
Il chantait presque à l'heure où Jésus vagissait ;
C'est qu'à son insu même il est une des âmes
Que l'orient lointain teignait de vagues flammes ;
C'est qu'il est un des cœurs que déjà, sous les cieux,
Dorait le jour naissant du Christ mystérieux !
Dieu voulant qu'avant tout, rayon du fils de l'homme ,
L'aube de Bethléem blanchit le front de Rome !

Victor Hugo (Voix intérieures).

Saint Jérôme ne croit pas que Virgile ait été l'écho de ces voix universelles : « Pouvons-« nous assurer, dit-il dans une lettre à Saint « Paulin, que le prince des Poètes latins ait eu « une connaissance des mystères de notre foi, « parce qu'il a écrit que la justice était retour-

« née sur la terre, que l'innocence de l'âge
« d'or était revenue, et qu'un enfant était des-
« cendu du ciel ? — Ce sont des niaiseries d'en-
« fants, et c'est faire le charlatan, de vouloir
« enseigner ce qu'on ne sait pas ; et même, ce
« que je ne puis dire sans quelque mouvement
« de colère, c'est ne savoir pas seulement
« connaître son ignorance. » (*Traduction de*
SACY.)

L'irascible Saint Jérôme se fâche ; il dit des
injures, comme presque toujours, mais nous
avons pour nous Saint Augustin, Saint Clément
d'Alexandrie, Origène, Lamennais, Joseph de
Maistre, le docteur Lowth, et les poètes. Un
Père de l'Eglise rapporte qu'un payen, après
avoir lu l'églogue à Pollion, se convertit au
christianisme ; enfin, comme le dit le P. Elisée,
dans un sermon : « Toute la terre croyait tou-
« cher au moment d'une révolution heureuse ;
« la prédiction d'un conquérant qui devait as-
« sujettir l'univers à sa puissance, embellie par
« l'imagination des poètes, échauffait les es-
« prits jusqu'à l'enthousiasme ; avertis par *les*
« *oracles du paganisme*, tous les yeux étaient
« tournés vers l'Orient. »

NOTE 7.

Les Muses accouraient si longtemps effrayées ;
Elles chantaient César, et par César payées,
N'osant lui raconter de secrètes douleurs,
Elles couvraient son front de lauriers et de fleurs.

Que l'Arioste avait raison de s'écrier, avec ce bon sens qui ne l'abandonne jamais, même dans les élans de sa plus folle gaieté :

Non fu si santo nè benigno Augusto,
Come la tuba di Virgilio suona,
L'avere avuto in poësia buon-gusto
La proscrizione iniqua gli perdona.
Nessún sapria se Neron fosse ingiusto,
Né sua fama saria forse men buona,
(Avesse avuto e terra e ciel nemici)
Se gli scrittor' sapea tenersi amici.

(Cant. xxxv.   St. xxvɪ.)

NOTE 8.

Alors à l'Orient apparaît une étoile.....

Nous ne pouvons transcrire ici le texte de tous les passages de l'Evangile traduits par nous; mais on peut être assuré que, si nous n'avons pas réussi à rendre la lettre, le sens intime du moins n'a jamais été altéré. — Ce poème, à défaut de tout autre mérite, a celui d'une théologie exacte et irréprochable.

NOTE 9.

Dans leur vol enflammé les saintes légions, etc.

> L'allegro inno seguirono,
> Tornando al firmamento ;
> Frà le varcate nuvole
> Allontanossi, e lento
> Il suon sacrato ascese,
> Fin che più nulla intese
> La compagnia fedel.
>
> MANZONI (*Il Natale*).

Grâces à M. le marquis de Montgrand , qui, par son excellente traduction des *Inni sacri* , a complété ses belles études sur le premier poète de l'Italie moderne, le délicieux roman et les splendides poésies de MANZONI sont connus de tout le monde.

NOTE 10.

Laissez-moi maintenant, selon votre promesse,
Mourir en paix, Seigneur !.....

Voici comment Marot a traduit, pour les Protestants, le cantique de Siméon :

Or, laisse, Créateur,
En paix ton serviteur,
Ensuivant ta promesse,
Puisque mes yeux ont eu
Ce crédit d'avoir vu
De ton salut l'adresse !

NOTE 11.

Heureux qui dans son cœur s'abaisse et s'humilie !

Ce sont là les huit *béatitudes* si admirablement développées par Bossuet, dans ses *méditations sur l'évangile*. «Que la semaine s'est heu-
« reusement écoulée, en parcourant les sept
« béatitudes, et revenant au commencement de
« la huitième! la belle octave! où l'on tâche
« d'imprimer en soi-même huit caractères du

« chrétien, qui renferment un abrégé de la
« philosophie chrétienne : la pauvreté, la dou-
« ceur, les larmes ou le dégoût de la vie pré-
« sente, la miséricorde, l'amour de la justice,
« la pureté de cœur, l'amour de la paix, la
« souffrance pour la justice, etc.... »

NOTE 12.

Les oiseaux, disait–il, ont-ils jamais semé ?..... etc...

« Heureux ces petits animaux, heureuses les
« fleurs, heureuses mille et mille fois toutes
« ces petites créatures, si elles pouvaient sen-
« tir leur bonheur! heureuses des soins pa-
« ternels que Dieu prend d'elles! heureuses de
« tout recevoir de sa main! pour nous, notre
« péché nous asssujettit à mille travaux : mais
« ne les poussons pas jusqu'à l'agitation. Tra-
« vaillons, car c'est là la juste peine que Dieu
« ait imposée à notre péché; travaillons en
« esprit de pénitence, mais abandonnons à Dieu
« le succès de notre travail.

« Doutez-vous qu'il ne sache ce qui vous est
« nécessaire? Il vous a faits; doutez-vous qu'il
« veuille pourvoir à vos besoins? Il vous l'a
« promis. Lui, qui vous a prévenus en tout,

« .vous refusera—t—il ce qu'il vous a promis
« pendant que vous n'étiez pas, après vous
« avoir faits?.... Soyez, non pas comme sus-
« pendus, mais solidement appuyés sur la di-
« vine Providence. » — BOSSUET (Méditations
sur l'évangile. —XXXᵉ jour).

NOTE 13.

Oh ! laissez-les venir ces enfants jusqu'à moi !
Qui reçoit un enfant moi-même me reçoit.

On a pu remarquer que, dans le cours de ce
poème, l'auteur n'a pas négligé la rime ; en
voici pourtant qui sont entièrement fausses,
mais au XVIIᵉ et au XVIIIᵉ siècles, on ne se gê-
nait guère pour ajouter ou retrancher une lettre, selon le caprice de la rime ou de la mesure,
ou pour éviter un hiatus. La Fontaine a dit :

Quand sur l'eau se penchant une *fourmis* y tombe!

Corneille, Racine, Molière, ces grands maîtres
de l'art, le *correct* Boileau, ont souvent écrit :
*je reçoi, je sai, je me souvien, je croi, je con-
noi;* une faute d'orthographe ne coûtait rien ;

c'était plus aisé. Molière est allé jusqu'à dire :

> Hélas ! si vous saviez comme il était ravi ,
> Comme il perdit son mal sitôt que je le *vi !*

Or, j'ignore pourquoi il serait permis de supprimer ou d'ajouter un *s*, tandis qu'on ne pourrait en faire autant du *t*. — Retranchez donc ici le *t* de *reçoit*..... à moins que vous ne préfériez l'ajouter à *moi*. — Ce sera aussi logique que les exemples cités de Molière et de la Fontaine.

NOTE 14.

> Mais au peuple accouru jetant ses paraboles ,
> Le Christ joignait toujours l'action aux paroles.

Les philosophes les plus sceptiques, Porphyre, Volusien, Celse, Julien l'apostat, ont avoué les miracles du Christ ; l'empereur est étonnant quand il s'écrie : « Qu'a-t-il fait de « considérable sur la terre ? A moins qu'on ne « regarde comme une grande merveille d'ou— « vrir les yeux aux aveugles, de guérir les « maladies, etc... »

NOTE 15.

> Sa vive charité
> Montre moins sa puissance encor que sa bonté.

C'est un mot de Bossuet : « Tous ses mira-
« cles tiennent plus de la bonté que de la puis-
« sance, et ne surprennent pas tant les spec-
« tateurs qu'ils ne les touchent dans le fond
« du cœur. » (*Disc. sur l'hist. univers.* — IIe
part. — c. XIX.)

NOTE 16.

> Et qu'il soit, même aux jours de crime et d'imposture,
> Aux plus vils apostats une infernale injure !

Réminiscence de Racine :

> Et ton nom paraîtra, dans la race future,
> Aux plus cruels tyrans une cruelle injure !
>
> BRITANNICUS. (Acte v.   Scène vi.)

NOTE 17.

> Oh ! réjouissez-vous, profondeurs de la terre
> Oh ! montagnes, chantez, tressaillez de bonheur !

Forêts, arbres, chantez et louez le Seigneur!
Le Seigneur à Jacob a promis la victoire,
Et c'est dans Israël qu'éclatera sa gloire!

« Jubilate, extrema terræ; resonnate, mon-
« tes, laudationem, saltus et omne lignum
« ejus, quoniam redemit Dominus Jacob et Is-
« raël gloriabitur. » — *Isaïe.* — (Ch. XLIV. —
v. XXIII.)

NOTE 18.

Soumis, sans le savoir, au Dieu qui les appelle.....

« Quò deus impulerit! — (Attila.)

« Je sens en moi quelque chose qui me pousse
« à brûler Rome. » — (Alaric.)

SOUVENIRS,

POÉSIES.

A Jean-Baptiste de la Canorgue.

Amicus amico.

Ecoute, mon ami : la terre fait silence ;
Sur des nuages d'or le soleil se balance ;
Lentement il s'abaisse, et son disque enflammé
Colore ces flots d'air tiède et si parfumé,
Et son dernier rayon en mourant étincelle
Sur le sommet aigu du clocher qui chancelle.
A la molle clarté d'un jour qui va finir
L'âme de ce qui fut aime à se souvenir ;
Ainsi le voyageur, tout couvert de poussière,
Se plaît à reporter ses regards en arrière ;

Laissant tomber, assis sur le bord du chemin,
Le bâton à ses pieds et le front dans sa main,
Il suit par la pensée, en ses vagues caprices,
Les rivières, les bois, les monts, les précipices,
Le torrent furieux et qu'il a traversé,
Récents tableaux fuyant déjà dans le passé!

Comme Dante égaré dans sa forêt sauvage,
Nous avons accompli la moitié du voyage.
Il en est temps, ami; viens, repassons nos jours;
Les ronces et les fleurs en ont bordé le cours;
Quelque soient ceux encor que le Ciel nous destine,
Qu'il les verse nombreux ou bientôt les termine,
Viens, viens; donnons une heure à l'austère raison,
Et qu'hier de demain soit la grande leçon.

Une même prison enferma notre enfance,
Quand tous deux arrachés au soleil de Provence,
A ses côteaux heureux d'olives couronnés,
A l'étude des mots nous fûmes condamnés;

Personne qui comprît la fleur qui s'étiole

Et végète à travers les pavés de l'école ;

A dix ans dans l'abîme où le sort nous plongea,

Nous souffrions comme on souffre en ce monde ; et déjà,

Pauvres enfants sevrés des baisers de nos mères,

Nous sûmes que la vie a des larmes amères !

Mais jamais le Seigneur, notre céleste appui,

N'abandonna l'enfant qui se souvient de lui ;

Nous savions retrouver dans notre âme rêveuse

Ce qu'en joignant nos mains une mère pieuse

Sur ses genoux aimés nous dictait chaque soir.

Nous allions tous les deux sur un banc nous asseoir ;

Et là, versant nos cœurs dans le sein l'un de l'autre,

Ami, nous nous disions quel soleil est le nôtre,

Combien la mer est belle et quel est son azur,

Et combien de nos fleurs l'arôme est doux et pur ;

Et nos beaux jours de fête, et nos chants sur la plage,

Et nos forêts de mâts hérissant le rivage,

La brise du matin jouant dans nos ormeaux,

De l'amandier fleuri secouant les rameaux,

Ce climat d'Italie où sourit la nature,

Et nos grands bois de pins, leur ombre, leur murmure,

Ce que nos souvenirs adoraient..... L'amitié
S'asseyait entre nous, tout était oublié !
Mais lorsque le tambour dissipait notre songe,
Qu'il nous fallait quitter notre riant mensonge,
Tristes et l'œil humide, accourant à sa voix,
Nous étions exilés une seconde fois.

Enfin nous nous quittons, et, libre de l'école,
Chacun, le cœur enflé d'une espérance folle,
Franchit d'un pied joyeux le seuil de sa prison,
Et porte ses regards vers un vaste horizon.
Hélas ! nous ignorions ce que c'est que le monde,
Son égoïsme froid, ses bruits, sa fange immonde,
Et son culte pour l'or qui seul a des autels,
Et le siècle agité par des doutes cruels !

Tu partis : tu servis de ton jeune courage
L'enfant royal sitôt disparu dans l'orage.
— Moi, que faisais-je alors ? Sous mes ombrages verts,
Mon inutilité crayonnait quelques vers !

— A la voix du tambour tu parcourais la France,
Tu défendais les lys, notre sainte espérance :
— Je crus quelques moments à la gloire ; insensé !
La Fée aux yeux d'azur ne m'a point caressé ;
Je ne savais qu'aimer et me croyais poète !
Riant de mes efforts et détournant la tête,
La muse me dictait dans mes rêves perdus
Des chants inachevés de Dieu seul entendus ;
Poésie, Immortelle aux ailes rayonnantes,
Mon front ne brilla point de flammes ondoyantes,
Et je n'obtins de toi qu'un sourire moqueur ;
Je voulus te chanter, tu restas dans mon cœur !
Mon noble ami, déçus, moi, par la poésie,
Toi, qui vis que la gloire est dans l'apostasie,
Nous laissâmes alors nos maîtres radieux
Monter au Capitole et rendre grâce aux Dieux !

— Et je ne quittai point ma riante vallée
De souvenirs d'enfance et de rêves peuplée,
Mes larges horizons, l'ombre de mes ormeaux
Inclinant sur mon front leurs feuillages jumeaux ;

Ma vie y fut paisible et ne fut pas stérile,
Car d'autres souvenirs visitaient cet asile,
Et retenaient mon âme attachée à ces lieux.
Deux siècles en dix ans ont passé sous mes yeux ;
Sous mes arbres aimés, au pied de ma colline,
J'ai vu rire Anténor et rêver Lamartine ;
Tels Horace et Virgile, ornant leur sein de fleurs,
Chantaient, l'un les plaisirs et l'autre les douleurs ;
J'écoutais, attentif à cette double lyre,
L'amant de Lasthénie et puis l'amant d'Elvire ;
Ainsi j'ai salué, rêveur ou souriant,
Les siècles de Voltaire et de Châteaubriand.

Libre, je n'avais fait que changer d'esclavage ;
Triste, fuyant le monde et même un peu sauvage,
Je ne pus me plier à sa stupide loi ;
Je vis, plein d'un mépris mêlé d'un vague effroi,
L'étiquette dorée au salon, au théâtre,
Dans le bal tournoyant que la foule idolâtre.
L'accablement du jour et la veille des nuits
Savent si ce fracas consolait mes ennuis.

Pourtant il est des soins que le monde réclame ;
Hélas ! il faut sourire, et la mort est dans l'âme !
Il faut que dans vos yeux se lise la gaîté,
Que l'on porte la vie avec légéreté,
Que jamais d'un oisif la parole distraite
Ne dise : qu'avez-vous ? vous pâlissez, poète !
Maux terribles, secrets et dans l'ombre luttants,
Car ils n'ont que soi-même et Dieu pour confidents ;
Quand ils brisent un cœur dont ils ont fait leur proie,
Seul peut les consoler Celui qui les envoie ;
Ils attachent le front au parvis du saint lieu,
Et vous vous écriez : Mon Dieu, mon Dieu, mon Dieu !

Egaré par l'étude, à la philosophie
Je voulus demander le pain qui fortifie,
Et j'écoutai longtemps l'écho d'un siècle mort
Qui ne laisse après lui qu'amertûme et remord.
Du Satan de Ferney le rire sardonique
Prenait sur mon esprit un pouvoir tyrannique ;
Sur mes lèvres errait le long ricannement
De ce doute inquiet que la raison dément.

Plus de ces doux élans, de ces rêves de l'âme
Qui montent vers le Ciel sur des ailes de flamme,
Mais l'erreur désolante, un scepticisme amer
Brisaient mes sombres jours dans un cercle de fer,
Et j'allais répétant les leçons de mon maître :
Toute philosophie est dans ce mot : PEUT-ÊTRE ;
Rien n'est vrai, rien n'est bon, rien n'est juste ici-bas !
— Mon Dieu, que j'ai souffert quand je ne croyais pas !
Mais qui peut mesurer la clémence infinie ?
Oh ! depuis que de fois mon âme l'a bénie !
Oh ! que de fois, le front aux pieds du crucifix
Par ma mère donné, qu'héritera mon fils,
Je m'écriai : D'amour si mon cœur surabonde,
Si je trouve à ma voix une voix qui réponde,
Je le dois à Dieu seul, Dieu seul est le bonheur !
Seigneur, pardonnez-moi, je crois en vous, Seigneur !
Sortant de mon erreur comme l'on sort d'un songe,
Je me dis : Ici-bas tout n'est donc pas mensonge !
La sainte vérité que l'orgueil rejeta
Parle donc à ce cœur que tout désenchanta,
Et victime échappée au fer du victimaire,
Secouant comme un joug une vaine chimère,

D'un rayon de bonheur mon front s'est couronné,
J'ai rendu grâce au Ciel, car le Ciel m'a donné
Une femme, un enfant, trésors dont je m'enivre,
L'une par qui l'on vit, l'autre qui fait revivre ;
Dans la paix du foyer vivant enseveli,
Aux hommes je n'ai rien demandé que l'oubli,
Et depuis, dans les champs, dans ma simple retraite,
Mes jours les plus cachés furent mes jours de fête ;
Je m'éloignai d'un monde où le cœur sans abris
Saigne, souffre et se tait, car nul ne l'a compris.

Ainsi fuyaient les jours ; après dix ans d'absence,
Tu revins saluer le soleil de Provence ;
Ma pensée et mon cœur t'avaient suivi partout :
Travaux, malheurs, revers, nous oubliâmes tout.
Aux heures de tristesse et de mélancolie,
Quand, sous le poids du jour, l'âme s'affaisse et plie,
J'écoutais ta pensée ; en un long entretien
Moi, je t'ouvrais mon cœur et tu m'ouvrais le tien ;
Hélas ! je te disais comment mourut ma mère,
Et comment s'envola telle ou telle chimère !

Tu me disais comment de son souffle glacé
Le mal pâlit ton front vers la terre baissé ;
Tu venais de cueillir sur la rive étrangère
Une fleur de beauté, mais, hélas! passagère,
Parfum d'amour sitôt exhalé dans les airs!
Je joignis mes regrets à tes regrets amers ;
Pure comme un beau jour, son image adorée
Vit dans tes souvenirs radieuse et sacrée ;
Vous êtes séparés et non pas désunis ;
Si la main du malheur, hélas! vous a bénis,
Le Ciel, après l'exil, le deuil et la misère,
Vous garde un jour serein d'éternelle lumière.
Sous le coup qui te frappe, ami, prosterne-toi ;
Que du moins la douleur te conduise à la Foi ;
En face de la mort qui pourrait ne pas croire?
La mort, c'est le réveil! où donc est sa victoire?
A l'homme infortuné Dieu donna le tombeau,
Et cette sombre nuit cache un brillant flambeau.
Souviens-toi qu'en tombant la fleur était féconde ;
Regarde en souriant ta fille rose et blonde,
Et ton fils tout joyeux courant dans le sentier :
Tu verras que ton cœur n'est pas mort tout entier!

Ainsi tous deux, jadis sur le fleuve de l'âge
Nous avons commencé notre pélérinage;
Nous marchions en avant, nous tenant par la main,
Jeunes, et sans songer qu'il fût un lendemain.
Le sort nous sépara; le temps, ce rude maître,
Nous donna des leçons; il fallut nous soumettre,
Il fallut renoncer à nos illusions;
Notre esprit habitait de vaines régions;
Il croyait au printemps toujours exempt d'orages,
A la vie idéale, et calme, et sans nuages.
Nous eûmes de beaux jours, les beaux jours ont passé:
Le bonheur nous a lui, puis il s'est effacé;
La feuille sur le sol s'est penchée et flétrie;
Le ruisseau murmurait, et son onde est tarie;
De ce monde où tout meurt c'est la suprême loi;
Nous en cherchons en vain l'insoluble pourquoi;
Le vaisseau fend les mers sans y laisser de trace,
Puis on arrive au port, et le passé s'efface;
Dès que l'on n'entend plus les cris des matelots,
Les chants du passager, la grande voix des flots,
On vient, au vent du soir, se coucher sur la grève,
Et l'on croit seulement avoir fait un long rêve!

Nous avions au néant assez sacrifié ;

Mais sur tant de débris surnageait l'amitié.

Nous lui confions tout, nos maux et notre joie ;

Elle est fille du Ciel, et le Ciel nous l'envoie.

Frère, c'est elle encore et c'est elle toujours

Qui partout nous suivra jusqu'à nos derniers jours,

Qui nous réchauffera sous les glaces de l'âge

Comme elle a salué d'abord notre voyage ;

Près de celui qui meurt, ange, elle vient s'asseoir,

Dans les plis de sa robe elle porte l'espoir ;

Compagne de nos pas durant la vie entière,

Elle se posera sur notre froide pierre ;

Mais lorsque l'un de nous finira son exil,

Qui consolera l'autre, et que deviendra-t-il ?

Prière de l'Enfant.

Vois-tu cette clarté douteuse
Qui déjà nuance le Ciel,
Et la fauvette matineuse
Qui de sa voix mélodieuse
Chante son hymne à l'Eternel ?

Mon fils, suis-moi sur la colline ;
L'oiseau vient de quitter son nid ;
Voici l'abeille qui butine
La blanche fleur de l'aubépine
Qu'un vent doux et frais rajeunit.

Bientôt derrière la montagne
Le roi du jour va se lever ;
Viens, et que notre âme accompagne
Ces bruits confus de la campagne
Qui font souvenir et rêver.

Enfant, cette scène imposante
Doit se contempler à genoux ;
Viens, et que ta bouche innocente
Prie encor pour ta mère absente,
Car elle prie aussi pour nous.

Des lieux franchissant la barrière
Et de l'espace triomphant,
L'ange sur son aile légère
Au Seigneur porte la prière
Et de la mère et de l'enfant.

Leur voix pure, quand elle prie,
S'unissant dans un même espoir,

Parvient dans la sainte patrie
Jusqu'à Jésus, jusqu'à Marie,
Comme un parfum de l'encensoir.

L'âme semble moins soucieuse
Sous la voûte d'un Ciel d'azur ;
A sa clarté religieuse
Viens pour la pauvre voyageuse
Prier, toi dont le cœur est pur.

Dis : « Je veux joindre mes louanges,
« Seigneur, à l'hymne universel,
« Aux doux chants des douces mésanges,
« Au chœur des oiseaux et des anges,
« L'un sur la terre, l'autre au Ciel.

« Mon Dieu, vous êtes notre Père,
« Tout ce qui vit sait votre nom,
« Tout ce qui vit en vous espère ;

» Bientôt je reverrai ma mère,

« O mon Dieu! car vous êtes bon !

« Donnez-lui surtout le courage,

« Embaumez ses jours et ses nuits ;

« Que je sois doux, que je sois sage,

« Qu'elle s'aime dans son ouvrage

« Quand elle reverra son fils.

« Oh ! je suis bien triste loin d'elle,

« Car les oiseaux ont tous leur nid,

« Et la caresse maternelle ;

« Moi, pour essayer seul mon aile,

« Je suis encore trop petit.

« Toi, bonne patrone des mères,

« Pour la mienne écoute mes vœux ;

« Donne-lui de longs jours prospères,

« Et j'apprendrai bien mes prières

« Pour bénir ton nom glorieux ! »

À J. Reboul (de Nimes).

I.

Lorsque les champs en deuil, au déclin de l'automne,
Revêtent de l'hiver la teinte monotone,
Que pour un ciel plus doux l'oiseau nous a quittés
Et que rien ne sourit à nos yeux attristés ;
Quand l'horizon noyé dans une vapeur grise
Nous dérobe la mer lointaine, et que la brise
Ne fait plus frissonner les feuilles d'oranger ;
Quand un épais brouillard couronne le verger,
Alors, à mon secours j'appelle les poètes,
Et ces jours sans soleil, voilà mes jours de fêtes.

7.

Le pâtre de Mantoue au rayon calme et pur,

Et le chantre d'Achille et celui de Tibur,

Le superbe Corneille et le divin Racine,

Et Dante (à ce grand nom tout poète s'incline),

Viennent dans ma retraite à mon foyer s'asseoir;

Sans m'en être aperçu déjà je touche au soir,

Et je m'endors, le cœur plein de reconnaissance

Pour ces mortels en qui Dieu mit sa complaisance,

Dont un jour il toucha la lèvre, et dont la voix

De nos profonds ennuis sait alléger le poids.

Mais je t'aime surtout, fils de l'Occitanie !

De ces bardes sacrés tu descends ; ton génie

Est de même famille, et ta muse est leur sœur !

Si d'un ami l'accent a bien plus de douceur,

Va, ne t'étonne pas que ta sainte parole

Verse mieux à mon cœur le baume qui console.

Dès qu'il me fut donné de connaître tes chants,

Tes hymnes inspirés, sublimes ou touchants,

Mon œil vit la lumière, et mon âme inquiète,

Renaissant à l'espoir te nomma son poète !

Tu me dis en beaux vers que, dans les jours mauvais,

Celui qui règle tout n'abandonna jamais

Sur les bords du torrent notre France chérie,

Qu'il garde un avenir à la grande patrie ;

Et dès lors accueillant ton chant consolateur,

Ami, tu fus mon guide et mon libérateur !

Fatigué de ce monde à l'éternelle lutte,

Où l'homme tour à tour gémit ou persécute,

Où, sans foi, sans remords, et vainqueur et vaincu

Ont gravé pour devise au front de leur écu

Un mot, un seul : l'ARGENT ! — Où les nobles pensées

Par la dérision sont aussitôt brisées,

Où nos maîtres si fiers, et le parjure au cœur,

Nous accordent à peine un sourire moqueur ;

Las enfin de la vie et du siècle où nous sommes,

De maudire toujours les choses et les hommes,

Ne me confiant plus qu'aux caprices du sort,

Mes rêves s'effeuillaient au souffle de la mort ;

Alors tu m'envoyas ce présent d'un poète,

Ces hymnes que partout chacun sait et répète,

Livre par l'espérance et par la foi dicté,

Où ce qui vient du Ciel est si bien reflété ;

Et je vis combien Dieu, pendant que tout s'agite,
A donné de puissance aux ames qu'il visite, ,
Que ses bardes aimés nous montrent de la main,
Aux champs de l'avenir, le but et le chemin !

II.

Quand Dieu, dans ses secrets, voulut donner à l'homme
La terre pour demeure et le ciel bleu pour dôme,
Il fit luire un flambeau pour éclairer ses pas,
Et de vives clartés environnant son âme,
Il dit, en lui versant un océan de flamme :
        « Va, marche, et ne t'arrête pas ! »

Depuis, accomplissant un sublime mystère,
Dans la pourpre ou la bure , illustre ou solitaire,

L'homme suit du regard ce rayon immortel ;
Dieu mène par la main le fils de sa pensée,
Comme au désert jadis la colonne embrasée
Guidait les enfans d'Israël.

Voyez comme tout croît, tout s'ébranle et s'agite,
Et comme la pensée autour de nous palpite,
Ranimant la fournaise et le siècle qui bout !
Secouons comme un joug une lâche atonie !
Est-ce pour le repos que Dieu fit le génie
Tandis que le monde est debout ?

Non : l'abeille toujours va dans la même plaine
Tirer le suc du thym et de la marjolaine,
Et des mêmes parfums toujours produit son miel ;
Mais à l'homme Dieu dit : « L'infini te réclame ;
« Vers des soleils nouveaux prends ton vol, car ton âme
« Ne se doit reposer qu'au ciel ! »

Il veut que de la nuit nos yeux percent les voiles,
Et qu'on lise son nom dans le feu des étoiles ;
S'il a dit à la mer : « Tu n'iras pas plus loin,
« Ici tu briseras la fureur de tes vagues, »
A nos cœurs il donna ces désirs forts et vagues
Qui tourmentent la vie, et dont elle a besoin.

III.

Après de longs jours de silence
Surgissent les jours de combats ;
Au signal donné tout s'élance,
Car l'univers a fait un pas ;
Chacun sent bruire en son âme
La pensée aux ailes de flamme

Qui meut notre siècle agité,

Qui doit régénérer le monde,

Qui déjà l'échauffe et l'inonde

De sa rayonnante clarté !

IV.

Poètes, de nos jours la mission est belle !

Sublimes spectateurs de la lutte éternelle,

Du superbe défi que l'enfer lance au Ciel,

Vous versez sur nos maux l'huile sainte et le miel.

Gloire, gloire au Très-Haut ! Parmi nous il vous jette

Pour éclairer le monde et marcher à sa tête ;

Soyez fiers, car au son d'un luth religieux

L'homme lève le front et regarde les cieux !

V.

Tu n'as pas méconnu ta haute destinée ;
D'un rayon de la Foi, Reboul, ta muse est née ;
Mais ne t'arrête pas : poète souverain ,
Coule tes vers de feu dans leur moule d'airain ;
Descends, descends vers nous de ta brillante sphère,
Tu n'as encore rien fait tant qu'il te reste à faire !
Toujours tu trouveras des cœurs pleins d'avenir
Pour écouter ta voix, l'aimer et la bénir ;
Mais si l'on restait sourd , mais quand même le monde
Ne reconnaîtrait pas la clarté qui l'inonde,
Chante, chante toujours dans ce siècle maudit,
Car toi-même en beaux vers naguère tu l'as dit :
« Avant de dérouler sa voix enchanteresse,
« Le rossignol caché sous la feuillée épaisse

« S'informe-t-il s'il est, dans le lointain des champs,

« Une oreille attentive à recueillir ses chants ?

« Non, il jette au désert, à la nuit, au silence,

« Tout ce qu'il a reçu de suave cadence ;

» Si la nuit, le désert, le silence sont sourds,

« Celui qui l'a créé l'écoutera toujours ! »

Va, ce n'est pas en vain que tu reçus la lyre ;

Va, ce n'est pas en vain que Dieu même t'inspire ;

Quand pour chanter son nom d'un mortel il fait choix,

Prophète par le cœur, la puissance et la voix,

Son front, comme Moïse, est couronné de flamme ;

Epanche donc sur nous les trésors de ton âme,

Et songe qu'à ce jour qui ne finit jamais

Dieu te demandera compte de ses bienfaits !

L'Étoile.

Chaque soir je vois une étoile
Rayonnante de mille feux,
Et de la nuit perçant le voile
Je sonde l'abîme des cieux ;

Oui, cette étoile c'est la tienne ;
Que son éclat est doux et pur,
Et comme elle brille sereine
Parmi ses sœurs et dans l'azur !

Sur sa clarté resplendissante
J'aime à fixer les yeux toujours ;
Oh ! que sa lueur bienfaisante
Daigne éclairer mes sombres jours !

Triste, égaré sur cette terre,
Si je marche à ce doux flambeau,
Du moins par un dernier mystère
Qu'il brille encor sur mon tombeau :

Et lorsque mon âme inquiète
Du monde aura brisé la loi,
Souviens-toi du pauvre poète,
Et je me souviendrai de toi !

A J. Méry,

PENDANT SA MALADIE.

Ce peut-il faire qu'en nos corps
Gisans dans le sépulchre morts
   Loge notre ame ?
Et combien qu'ils soient consommez ,
Elle n'abandonne jamais
   Leur froide lame ?

Que le feu devant qui bruit
En cendre nos os réduit
   N'ait pas la force
De nous manger entièrement
Ains de nous brusler seulement
   L'humaine escorce ?

Ou , s'il nous consomme si bien
Que de toút il ne roste rien,
   Rien ne demeure ;
Et que dès lors , même dès lors
Que l'esprit dernier est dehors
   Tout l'homme meure ?

Non ; mais comme d'un bois gommieux
Sort en flambant un air fumeux
   Qui haut se guide ,
Et volé bien avant ez cieux
Se perd esloigné de nos yeux
   Dedans le vide ,

Ainsi de nostre corps mourant
La belle âme se retirant
   Au ciel remonte !
     Robert Garnier. — (Chœurs de
   la Troade , tragédie. 1578.)

Sous ces rideaux dont la double barrière

Défend au jour d'effleurer ta paupière,

Mon pauvre ami que la commune loi

Retient captif sur un lit de misère,

Pâle et souffrant, te souviens-tu de moi?

Reçois alors l'épitre familière

Que, sur un banc, sous mes larges ormeaux

Je te crayonne en songeant à tes maux;

Mais tu sauras qu'ennuyeux philosophe,

Je ne vais point te déployer la strophe

Qui monte aux cieux sur des rhythmes jumeaux.

Digne héritier de Jean-le-Solitaire,

Mesurant tout à ma raison austère,

Dans mon désert j'aime à philosopher;

Redoute donc, mon triste grabataire,

Les questions que je viens réchauffer;

Leur poids est lourd et pourrait t'étouffer,

Car j'ose ici te rendre tributaire

De mon amour pour ces vieux entretiens

Passés de mode, et, que seul, je maintiens

Dans notre siècle et plus digne et plus sage

Qui noblement rève avec gravité

Disjonction et *septennalité*,

Mots qu'on croirait pris à la langue osage.

Ecoute donc : — Ami, quand la douleur
Brisait ton front, ton front si poétique ;
Lorsque ton corps sans force et sans chaleur
Comme celui d'un vieux paralytique,
Suait la fièvre et de frisson tremblait ;
Qu'à ton visage une pâleur mortelle
Donnait assez l'air du spectre d'Hamlet ;
Ton âme alors, dis-moi, que faisait-elle ?
Comme un nuage au devant du soleil
Sans altérer sa forme et sa lumière,
Le mal vient-il à la seule matière
Donner parfois un inquiet sommeil ?
En ce moment, surmontant la nature,
Se raidissant sur ses faibles ressorts,
L'ame, insensible aux souffrances du corps,
Est-elle encor cette flamme si pure
Née avec nous et d'un céleste feu,
Et que Dieu fit à l'image de Dieu ?
Entendais-tu cette vague harmonie
Que chaque soir un sylphe aérien
Vient, sous les pins, souffler à ton génie
Et qui s'échappe en son virgilien ?

Pourrais-tu donc, brisé par la souffrance,

Chanter en vers que répète la France

Napoléon, son vol oriental,

Et Waterloo, bataille élégiaque,

Et cet enfant qu'un stupide Cosaque

Emporte en croupe et loin du sol natal?

Peux-tu dicter, lorsque l'ardente fièvre

Qui te consume et qui bleuit ta lèvre

Brûle ta bouche et monte à ton cerveau,

En te jouant, un article nouveau?

Et ces bons mots que ta verve nous lance,

Autour de toi quand chacun en silence

Vient écouter, entendre et recueillir

Ces traits charmans que l'esprit fait jaillir

Sans nul effort, comme l'eau qui serpente,

Sans y songer s'écoule et suit sa pente,

Dis : ces bons mots toujours les trouves-tu

Dans ton esprit par le mal abattu?

Toi, qui sais tout, qu'est-ce donc que notre âme?

Qu'est-elle donc cette mobile flamme

Qui suit toujours la matière et le corps,

Faible avec lui, puissante quand la force

De ce corps même anime les ressorts,

Sans que jamais, mystérieux accords,

Ils n'aillent seuls et ne fassent divorce ?

Puis, la chair meurt et se dissout ; alors

L'âme s'exhale, et déployant ses ailes,

Prenant son vol aux voûtes éternelles,

Attend le jour du dernier jugement

Pour ressaisir l'ancien vêtement,

De cette chair les subtiles parcelles

Que lui gardait le sombre monument.

— Et c'est ainsi ! — Nous le savons, poète ;

Oui, la raison sans cesse le repète

Et le dirait à défaut de la foi :

Notre corps meurt, notre âme est immortelle !

Mais qu'en la vie ils suivent cette loi

Qui les unit, et fait que l'étincelle

Ne brille plus lorsque le corps chancelle

Et que le corps ne puisse rien sans elle,

Pour en trouver le sens et le pourquoi

L'homme est trop faible et l'esprit est rebelle.

Par notre cœur laissons-nous donc guider ;

C'est lui surtout, c'est lui qui nous révèle

Un jour serein dans la nuit éternelle ;

Mystère heureux qu'on ne peut aborder.

La question, je sais, n'est pas nouvelle ,

Dans tous les temps on l'a voulu sonder ;

A nos efforts elle échappe sans cesse ,

Elle se rit de l'humaine sagesse ;

Nul ici-bas n'a su la décider.

Or, maintenant, où placerons-nous l'âme ?

Le grand docteur Hippocrate proclame

Qu'elle se tient dans les fibres du cœur ;

Dans l'estomac , nous affirme Epicure ;

Non, dans le sang, Empédocle l'assure ;

Nous pouvons croire encore à la rigueur

Qu'elle est partout ; c'est l'avis d'Aristote ;

Dans les sourcils, c'est l'avis de Straton ;

Et le divin, le poète Platon

Dit gravement, sans rire, qu'elle flotte

Dans tout le corps ; il la divise en trois,

Dans le cerveau , la poitrine et le ventre :

Voici Descarte : il élève la voix
Pour la loger dans une glande, au centre
De notre tête. — Enfin avec fracas
Certain sophiste arrive et nous déclare
Par un effort d'esprit lucide et rare,
Que c'est un mot, qu'elle n'existe pas !
Moyen puissant pour finir ces débats !

Mais que nous font, ami, ces choses vaines ?
Oui, l'âme existe, elle ne peut mourir !
Ah ! pourquoi donc se donner tant de peines
Quand notre cœur doit nous faire chérir
Ce dogme saint qui charme et qui console,
Quand il nous dit : « Au fond de ce tombeau
« Que voile aux yeux le cyprès ou le saule,
« La sombre nuit cache un brillant flambeau ;
« Vous reverrez un enfant, une mère
« Que le Seigneur dans sa gloire appela ;
« La voix du cœur n'est point une chimère,
« La tombe n'est qu'une épreuve éphémère :
« Il est encore quelque chose au-delà ! »

Ainsi je vais philosophant, poète,

Surtout le soir, quand la nuit sur ma tête

A déployé sa tente et ses clous d'or,

Lorsque le vent dans le feuillage dort,

Et que j'entends seulement la fontaine

Dans le bassin tomber en murmurant,

Que de la mer la vague en expirant

M'arrive ici comme une voix lointaine,

Bruit sans écho, mélopée incertaine

Sur mes ormeaux et dans l'espace errant.

Viens avec moi : que ton oreille écoute

Les mêmes bruits ; et couchés sous la voûte

Des pins aimés que Virgile adorait,

Nous sentirons ce que le Ciel ajoute

De joie au cœur qui comprend son secret ;

De ses parfums il lui verse une goutte :

La partager avec toi serait doux.

A la même heure et dans le même temple,

Viens, ô poète, et que notre œil contemple

Ces horizons que le Ciel fit pour nous.

Je te promets des eaux et de l'ombrage

Lorsque midi nous brûle de ses feux,

Des chants d'oiseaux à travers le feuillage,
Et des tableaux larges et lumineux;
Je te promets, quand le bruit nous attriste,
Le bruit que fait notre siècle égoïste,
L'oubli des jours, le silence des bois
Interrompu par les sons du hautbois;
A l'horizon quand un sombre nuage
Lance la foudre en sillons enflammés,
Nous relirons à l'abri de l'orage
Les livres saints des poètes aimés;
Je te promets surtout, sous mon vieux chaume,
Ce sentiment par le Ciel envoyé
Pour adoucir les misères de l'homme,
Un cœur sensible ouvert à l'amitié.
Alors, ravis de ces brillants spectacles,
Nous nous dirons, poète, avec amour :
Que serviraient tous ces pompeux miracles
Et l'amitié dont l'âme est le séjour,
Parfum caché dans les saints tabernacles?
Va, pour répondre au discoureur si lourd,
A l'incrédule, à ses pompeux oracles,
Un mot suffit : De son étroit compas

Le froid sophiste a mesuré les choses ;

Le cœur dément toutes ces vaines gloses :

Il est un Dieu, l'âme ne périt pas !

Saint Jean-du-Désert. — 28 mai 1839.

Hier et Demain.

« Allez, et suspendez ces armes, ces faisceaux,

« Ces sabres, ces tambours, ces enseignes guerrières;

« Qu'autour de nos autels rayonnent les drapeaux

    « Ravis aux nations entières !

    « Que le mousquet de l'Allemand

« Atteste sa défaite et sa valeur trompée,

« Et que de Frédéric la glorieuse épée

« Se croise avec le fer conquis au Musulman !

« Que de nos cris vainqueurs la voûte soit frappée !

« Bronze, de la fournaise encore tout fumant,

« Colonne, dressez-vous, de la grande épopée

    « Eternel monument ! »

Ainsi chantait le peuple aux jours de la victoire,
Lorsque dans son orgueil il jetait à l'histoire
Ses combats de géants, Ulm, Wagram, Iéna !
De la grandeur humaine il atteignait le faîte,
Et pour lui chaque jour était un jour de fête,
Car sur son front quinze ans la gloire rayonna,
Et quinze ans il suivit, du Nil au Borysthène,
L'étoile aux feux ardents du rude capitaine
Qui désignait le globe ébranlé sous ses pas
Comme un noble héritage acquis à ses soldats !
Tout adorait alors le géant des batailles ;

    Quand nos drapeaux noirs de mitrailles
    Revenaient avec l'Empereur,
Le peuple aux mille voix accueillait sa victoire ;
Nous fûmes éblouis des rayons de la gloire ;
    Est-il une plus belle erreur ?

    Hier, que la France était belle !
    Les peuples en étaient jaloux,
    Et toute nation rebelle
    A son nom pliait les genoux ;

Hier, de sa voix souveraine
Au monde elle dictait des lois;
Hier encore, elle était reine :
A ses pieds se courbaient les rois;

Hier, de chaque capitale
Son doigt indiquait le chemin
Au vol de l'aigle impériale !
Hier !... Venez la voir demain !...

Quelle est cette mère éplorée
Assise sur de froids tombeaux?
Ah ! c'est notre France adorée
De sa bannière déchirée
Sur son sein pressant les lambeaux !

Grand Dieu ! que sa chute fut prompte !
Qu'ils sont courts les jours triomphants !
Elle tombe, fière et sans honte ;
Alors seulement elle compte
Les cadavres de ses enfants !

Allors elle put voir , sous les murs de Vincenne.,
Les drapeaux du Volga réfléchis par la Seine ;
Une immense douleur alors l'enveloppa ,
En entendant hennir ces chevaux de l'Ukraine
Nourris aux champs affreux où naquit Mazeppa !

Voilà le sort ! voilà la gloire !
Hier , le jour est beau ; demain , la nuit est noire !
Un gouffre béant au milieu ;
Hier , hier n'est plus , et demain n'est qu'à Dieu !

Sillonnant la céleste voûte
Quand paraît un astre sanglant
Qui semble, égaré de sa route ,
Menacer un peuple tremblant ,
Ce peuple s'agenouille et prie ;
Alors il se souvient un moment du Seigneur,
Il frappe de son front la poussière, et s'écrie :
« Malheur ! malheur ! malheur ! »

Ainsi quand , sanglant météore ,

Nous apparaît un conquérant

Pour qui , du couchant à l'aurore ,

Le monde n'est pas assez grand ;

Alors s'incline le poète ,

Lui , qui toujours du moins se souvint du Seigneur ;

Il jette ce long cri que jetait le Prophète :

« Malheur ! malheur ! malheur ! »

A Manzoni.

FLÉCHISSANT sous le poids de la pensée humaine,

Lorsque l'homme égaré croit secouer sa chaîne,

N'écoutant plus le cri de son âme et de Dieu,

Il dit à la lumière un éternel adieu ;

Il accueille en riant le Mal et le Problème,

Puis, au sein de la nuit il s'agite et blasphème :

Alors, au haut du Ciel par l'orgueil renié,

L'ange se voile, et Dieu nous prenant en pitié

Nous envoie un Poète
A la lyre du Barde, à l'accent du Prophète.
Son front projette au loin, en face de la Croix,
Les rayons du Génie, immortelle auréole
De ce mortel choisi puissant par la parole.....
Et le siècle s'arrête, attentif à sa voix.

Ainsi donc naît le Poète
Espoir de l'humanité ;
Dieu pour sa gloire le prête
Au monde déshérité ;
Car à l'anneau de la chaîne
L'anneau toujours est uni ;
Notre siècle triste et sombre
A vu briller dans son ombre
L'étoile de Manzoni.

Le ciel lui donna la lyre
Pour consoler nos ennuis ;
Ses suaves chants font luire
Un rayon au sein des nuits.

D'amour, de Foi doux mélange,

C'est la voix même de l'Ange,

Seigneur, qui m'appelle à toi ;

Cette voix, quand je l'écoute,

M'ôte l'épreuve du doute,

Le mérite de la Foi !

Eh ! qui pourrait douter quand l'âme du Poète

Exhale ces accords que notre âme répète

Comme l'orgue s'unit aux cantiques pieux ;

Quand notre cœur flétri s'étonne, et puis achève

Cet hymne qui, tout bas, comme un parfum s'élève

Et s'en va mourir dans les Cieux !

Non ! j'en crois vos accents et leur sainte harmonie !

Ce n'est point le hasard qui créa le Génie ;

Où puise-t-il ces chants et ses hymnes de feu ?

Pour verser à nos maux ce seul baume de l'âme,

Il faut que l'esprit monte aux sources de la flamme,

Qu'il soit face à face avec Dieu !

9

A toi, Barde chrétien de la jeune Italie,

A toi, qui fis briller son étoile pâlie,

Chantre de la Prière et de Napoléon,

A toi tout le bonheur d'une gloire sereine,

Car ce siècle blasé que le torrent entraîne

        S'est ému pourtant à ton nom !

Puissent ces vers, à l'heure où, de rêves bercée,

Sous tes arbres en fleurs repose ta pensée,

Te dire que mon cœur est un écho du tien,

Qu'il est, sous le beau ciel de la douce Provence,

        Sous son azur italien,

Une âme que ta voix fait croire à l'espérance,

        Qu'elle ravit dans le silence

        D'un mystérieux entretien !

Un jour, je vins m'asseoir à la place choisie,

M'enivrer à longs flots d'air et de poésie ;

J'embaumais ma pensée au parfum des lilas ;

J'avais pour horizon la mer si poétique

Et la ferme au chaume rustique

Que le souci n'assiége pas.

Mes yeux de larmes se remplirent ;

Songeant à mes beaux jours qui les premiers pâlirent,

A mes plus chers amis que le Ciel rappela,

Hier, disais-je, ils étaient là !

Et ton dernier écrit, consolateur suprême,

Sur ma lèvre coupable arrêta le blasphème,

Et, dessillant mes yeux qu'un nuage voila,

Me fit bénir le Ciel et le malheur lui-même ;

Car l'homme n'est pas né pour ce songe d'un jour,

Et ce monde n'est pas sa vie.

Trésor de charité, de prière et d'amour,

Aux banquets éternels ton livre nous convie,

Et rend, par la douceur d'un style révélé,

Une patrie à l'homme ici-bas exilé.

Lorsqu'un rayon de l'Evangile

Du Doute dissipe la nuit,

Comme à nos yeux tout est fragile !

Que le siècle paraît futile !

Que le monde semble petit !

Soutien de la Foi chancelante,
Manzoni, Dieu met dans ta main
La lyre du Tasse et de Dante ;
Rends-nous l'harmonie enivrante
Qui coulait à flots de leur sein ;

Dis-nous que nos maux sont d'une heure,
Qu'un Dieu même nous a parlé,
Qu'il a dit à celui qui pleure :
La terre n'est pas ta demeure,
Bientôt tu seras consolé!

Que toujours ta voix de Poète
Module ces accords touchants
Si chers à notre âme inquiète ;
Gloire à toi, le siècle répète
Ton nom, tes vertus et tes chants!

Car, vois-tu, c'est en vain que le vent de l'orage
Emporte chaque jour les débris d'un naufrage ;

Un peuple abjure en vain ses croyances, ses Dieux ;

Dans les jours de tristesse il regarde les cieux

Et court se prosterner aux autels qu'il renie ;

En vain il a brisé tout ce qu'il adora ;

Renversant le flambeau qui long-temps l'éclaira

    Qu'il lutte avec son agonie,

    A la voix des Muses bénie

    Jamais les cœurs ne seront sourds :

L'avenir t'appartient. — L'homme croira toujours

    A la Royauté du Génie!

Sur le Livre

DE

L'IMITATION.

Livre d'Amour, de Foi, d'ineffable mystère,
Divin consolateur de l'âme solitaire,
Seul, il a pu sécher les larmes dans nos yeux ;
L'auteur n'a point laissé de nom dont on le nomme,
Pour que l'homme ignorât si c'est l'œuvre d'un homme
Ou s'il nous est venu des Cieux !

VERS

IMPROVISÉS A VAUCLUSE.

—

A mes amis J.-B. et G. de la Canorgue.

Ces sites enchanteurs que le soleil colore,
Ces rocs géants, ces eaux au murmure si doux,
Et les vers de Pétrarque et les charmes de Laure,
Tout s'efface à mes yeux quand je suis près de vous;
Ce souffle inspirateur qu'on nomme le Génie,
Qui de sa propre gloire entoure la Beauté,

Qui demande pour elle au Dieu de l'harmonie

    Un reflet d'immortalité;

Oui, ces riches tableaux, ces chants que l'on répète,

Ce jour si radieux par le Ciel envoyé,

Ces souvenirs d'amour, ces hymnes du Poète,

Tout cela ne vaut pas une heure d'amitié !

3 septembre 1839.

J. MÉRY

A Gaston de Flotte.

Poète ami des champs, gracieux Cénobite,
Béni soit le désert que ton Génie habite !
Sans doute un sylphe heureux, dans ton calme vallon,
A détrôné pour toi l'invalide Apollon ;
Sous le ciel étoilé, ton éblouissant dôme,
Tu converses, la nuit, avec quelque fantôme ;
Un lumineux Esprit, à l'accent noble et doux,
Te dicte les beaux vers improvisés pour nous !
Que je voudrais aussi, vers tes douces collines,
Aller me retremper à ces voix sybillines,

Ces sons mystérieux que ton oreille entend
Sous les pins embaumés, les pins que j'aime tant !
Puis, élevant mon âme au niveau de la tienne,
Et puisant quelque idée à la source chrétienne,
Je voudrais avec toi, quand le monde est bien loin,
Murmurer de ces vers dont le cœur a besoin,
De ces vers qu'on demande à la voûte étoilée,
A cette terre en deuil de tant de fleurs voilée,
A la mer que, du seuil de ta blanche maison,
Tu vois étinceler à l'immense horizon !
Car il faut un ton grave à toute chose écrite ;
Ici-bas, tu le sais, le rire est hypocrite,
C'est un masque de ville : on a besoin des champs
Pour s'abandonner seul à des ennuis touchants,
Pour mieux la savourer, quand l'âme se recueille,
La tristesse qui suit la chûte d'une feuille,
Qui vole avec les vents, pleure avec les roseaux,
Prête un chant d'élégie au murmure des eaux ;
Sainte mélancolie à la ville inconnue,
Qui dans un cœur serein descend comme la nue,
Incline notre front, et plonge nos esprits
Dans ces profonds secrets que Dieu seul a compris !

Aussi, comme toi je m'exile;
Adieu, Cité, je pars demain
Pour un mystérieux asile
Dont je connais bien le chemin;
C'est la *Villa* Napolitaine
Où coule une double fontaine,
Où l'air est embaumé de thym,
Où les beaux arbres de l'allée
Gardent à la terre voilée
Toute la fraîcheur du matin.

Ces ombrages, tu les devines,
Ombrages mille fois dépeints :
C'est Fontainieu que les collines
Couronnent de fleurs et de pins :
C'est la poétique terrasse
Où quelque sectateur d'Horace
Autrefois a gravé ces vers :
« Pour moi ce petit coin de terre
« A plus de charme et de mystère
« Que le reste de l'Univers ! »

Adieu donc : à la nuit prochaine
Recommençons nos entretiens !
Moi, sous le pin, toi, sous le chêne,
Mes auditeurs seront les tiens ;
Dans notre rustique demeure,
La nuit, ensemble, à la même heure,
Là-haut nous jèterons les yeux ;
Aux clartés des mêmes étoiles,
Nous percerons les mêmes voiles
Pour sonder l'abîme des Cieux !

TABLE.

Table.

JÉSUS–CHRIST. — Poème.

FIN DE LA TABLE.